北极探险

[美]威勒德·普赖斯 著

杨伟娴 译

北京出版集团
北京少年儿童出版社

著作权登记号
图字：01-2010-1126
ARCTIC ADVENTURE by WILLARD PRICE
Copyright © WILLARD PRICE, 1980
Willard Price, the Willard Price Logo and Hal and Roger are trade marks of Willard Price Literary Management Ltd, used under licence by Beijing Juvenile & Children's Publishing House Co., Ltd.
This edition arranged with Willard Price Literary Management Ltd through Big Apple Agency, Labuan, Malaysia
Simplified Chinese edition copyright @ 2023 Beijing Juvenile & Children's Publishing House Co., Ltd
All rights reserved.

图书在版编目（CIP）数据

北极探险／（美）威勒德·普赖斯著；杨伟娴译. —2版. —北京：北京少年儿童出版社，2024.1（2025.7重印）
（哈尔罗杰历险记）
书名原文：ARCTIC ADVENTURE
ISBN 978-7-5301-6543-0

Ⅰ. ①北… Ⅱ. ①威… ②杨… Ⅲ. ①儿童小说—长篇小说—美国—现代 Ⅳ. ①I712.84

中国版本图书馆 CIP 数据核字（2022）第 258064 号

哈尔罗杰历险记
北极探险
BEIJI TANXIAN
［美］威勒德·普赖斯 著
杨伟娴 译
*
北 京 出 版 集 团
北 京 少 年 儿 童 出 版 社 出版
（北京北三环中路6号）
邮政编码：100120

网　　址：www.bph.com.cn
北京少年儿童出版社总发行
新 华 书 店 经 销
三河市天润建兴印务有限公司印刷
*
880 毫米×1230 毫米　32 开本　6.5 印张　150 千字
2012 年 1 月第 1 版　2024 年 1 月第 2 版　2025 年 7 月第 3 次印刷
ISBN 978-7-5301-6543-0
定价：28.00 元
如有印装质量问题，由本社负责调换
质量监督电话：010-58572171

序 言

　　我们的脑袋是圆的，像个地球仪。而且每个人的脑袋里，可能会想到地球，它的体积有多大？年龄有多大？有哪些有趣的人和事？但对任何人来说，地球都是一个庞然大物，即使倾其一生，也不可能把它跑遍了。怎么办呢？有一个捷径，即看书，这叫作"秀才不出门，便知天下事"。如果你想了解地球上都有些什么新鲜事，特别是大自然中的新鲜事，我建议你看一看"哈尔罗杰历险记"。

　　威勒德·普赖斯先生出生于1883年，他是个幸运的人，一生中跑了77个国家和地区，包括我们中国，遇到过许多新鲜的人和新鲜的事。他又是一个愿意奉献、不甘寂寞的人，不想把自己的知识和见闻都烂在肚子里，于是便动笔写了一套书，献给全世界的孩子们。于是，在70多年前，就诞生了哈尔·亨特和罗杰·亨特两兄弟的角色。

　　哈尔和罗杰是约翰·亨特的儿子。约翰·亨特是动物博物学家，几乎跑遍了全球去了解和收集各种各样的珍奇动物。哈尔和罗杰不仅继承了老亨特的基因，而且也继承了爸爸的事业和兴趣。在老亨特的鼓励和安排下，哈尔和罗杰走南闯北，历尽危险和艰辛，从亚马孙丛林到南太平洋小岛，从非洲大陆到格陵兰冰原，从世界上第二大岛新几内亚到地球上最高的山系喜马拉雅山，从正在爆发的火山口到危机四伏的海底世界，足迹延伸到世界各地的各个角落。他们冒着生命危险，勇敢地追逐丛林巨蟒，制服热带巨蜥，巧捕非洲白象，激战北极之王北极熊，深入海底猎奇，大战庞然大物杀人鲸，不仅与凶猛的动物较量，还得与贪婪的人类争斗，常常是弹尽粮绝，走投无路，只能依靠自己的智慧和勇气，才能置之死地而后生。当然，不可能所有的人都像哈尔和罗杰那样，有机会到世界各地去旅游、探险。正因如此，所有关心地球和热爱自然的人，不妨都抽空看看"哈尔罗杰历险记"这套书，希望你能进入角色，设身处地，感同身受，与哈尔和罗杰一起，深入广袤无垠的大自然去畅游、搏击，追随那些曲折的情节，体验无数惊险的场面，肯定会使你深感刺激。而且，书中丰富的知识和简练的语言，也会令人受益匪浅，回味无穷。

最后，还要加上几句，就是关于亨特一家的事业。他们到世界各地去猎取和收集各种各样的珍奇动物，送到动物园和博物馆。一方面固然为人们休闲娱乐、观赏和了解地球上的各种动物做出了贡献，但是另一方面，他们也伤害了许多动物，伤害了大自然……

与70年前相比，人类现在更注重生态保护，对大自然和动物界的了解，都要客观而且深入得多了。但也产生了另外一种值得注意的倾向，就是一厢情愿地去和动物亲近，以至于有人和自己的爱犬亲吻，结果被咬掉了嘴唇。我们说，动物是我们的朋友，是指我们和动物同是生命世界之一员。但这并不意味着，我们就可以和北极熊拥抱，可以跟老虎接吻。动物就是动物，人就是人，即使地球上最温和友好、亲切好奇的南极企鹅，当我想去摸它的脑袋时，它也会奋起反抗，摆出一副决一死战的架势。因此，我认为，人类和动物朋友的交往，应该是"君子之交淡如水"，最好的做法就是不要去干扰它们，当然更不能去伤害它们。

位梦华

中国最先登上南极大陆的科学家之一
中国作家协会会员、中国科普作家协会会员
享受政府特殊津贴、有突出贡献的科学家

目录
CONTENTS

1 北极熊   1

2 奇怪的格陵兰   7

3 罗杰与巨兽   10

4 "聪明的家伙"泽波   19

5 谁在乎驯鹿   22

6 可怕的旅程   26

7 冰冠探险   39

8 霹雳河   46

9 冰胡须   50

10 精灵之舞   54

11 穿晚装的麝牛   56

12 饿肚子真不好受   62

13 吃自己脚的人	69
14 恶鬼满天飞	73
15 飞往北极	79
16 海象说……	83
17 罗杰和杀人鲸	90
18 3米长牙	97
19 十臂怪兽	101
20 住在冰下	106
21 哈尔骑冰山	109
22 飓风	118
23 北极熊的城	122
24 到阿拉斯加去	128
25 穿着体面的海獭	132
26 巨兽之战	136

27 唱歌的鲸，吹口哨的鲸　　141

28 羊也杀生　　148

29 麋和鼠　　155

30 狂暴的飑　　166

31 麋鹿管弦乐队　　175

32 可怕的灰熊　　185

33 世界最大的熊　　189

1 北极熊

北极熊

罗杰坐在一堆雪上——至少,他以为那是一堆雪。

他累了。他一直在帮哥哥哈尔垒伊格庐。

伊格庐是一种用冰砖砌起来的房子。他们垒的这一座是圆顶的,直径约4米,高约2.7米,这对于身高1.8米的哈尔而言也足够高了。

罗杰打了个寒战。"冷啊,活像在格陵兰。"他大喊。他常听到人们说这话,甚至在纽约,人们也这么说。干吗不说"冷得活像阿拉斯加"或者"冷得活像西伯利亚"?他要哈尔解答这问题。

"因为格陵兰几乎是地球上最冷的地区,"哈尔说,"它离北极最近,还有,它戴着一顶3000米厚的冰冠。这就是你刚才冷得直哆嗦的原因,你身在格陵兰呀。"

"有那么多温暖的好地方可去,爸爸干吗偏要把我们派这儿来呀?"

"因为像爸爸这样一个出名的动物博物学家,动物园要什么动物他都得设法弄到。动物园一直想要生长在这儿的那些动物——比如北极熊、海象、巨长须海豹、海狮、麝牛、一角鲸、野生驯鹿、北美驯鹿、座头鲸、海獭、格陵兰鲨……"

"嗨,怎么回事?"罗杰尖叫起来,"地震了吗?"他屁股底下的那堆雪忽然活了,在剧烈摇晃。随着一声深沉的咆哮,一只北极熊从雪堆下钻出头来。罗杰搅了它的美梦,这头野兽发火了。它猛地一拱,耸起它那庞大的身躯,把罗杰一个倒栽葱摔到3米多远的一堆雪里。

罗杰从雪堆里钻出来,爬起来就跑。那大熊摇摇摆摆地在后面追,罗杰在深雪里跌跌撞撞地跑。在加拿大的时候,他曾经被北美灰熊追逐过。可眼前这只熊,体形大得足以吞下那只北美灰熊。

罗杰拼尽吃奶的力气迈动双腿往家里奔去。家,就是那座伊格庐。要是手里有枪,他本可以把这畜生打死。可是,他和他哥哥是那种"务求生擒活捉"的好汉。一只死熊对动物园来说毫无价值。

罗杰一头扎进伊格庐。那白色的巨兽紧跟在他后面。雪屋子里,孩子和北极熊对峙着。

这位不速之客抬起前腿站起身来,准备进攻那个无礼冒犯了它的小人儿。北极熊这回可是大错特错了。它站起来足有3米多高,而雪屋顶却只有2.7米高。北极熊的那颗巨头撞穿了屋顶伸到外面去了。

一座顶着一颗北极熊头的伊格庐——那实在是一大奇观!不过,哈尔和罗杰把雪屋垒得很结实。虽说还没有结实到能阻止那只大熊把屋顶撞穿,却也硬得足以把那只大笨熊卡在冰砖当中,使它不能下来把小坏蛋罗杰扯成碎片。

哈尔瞅准时机,冲进伊格庐,抓起一根绳子,把那畜生的两条后腿捆在一块儿。这绳子是特制的,中间夹着一条金属丝,非常结实。北极熊大发雷霆,它咆哮着,像跳西班牙舞似的蹦跶着,徒劳地试图挣脱绳子。

1 北极熊

此时，北极熊的两条晃动着的前腿悬在半空中。就像对付那两条后腿一样，哈尔迅速地把它们捆在一起——或者不如说，试图把它们捆在一起。困难在于，前腿是北极熊的主要武器，它们力大无穷，那大爪子一掌就能要了哈尔的命。所以，哈尔尽可能避开那双拼命扑打的爪子。幸亏巨熊的头伸在屋外，不能随时看见哈尔在什么地方，它那双扑打着的重锤似的前爪总打不中哈尔。哈尔左躲右闪——哪怕仅仅一回躲闪不及，他都会丧命。

哈尔绾好一个绳扣，好不容易套住了大熊的一条前腿。这么一来，套住另一条前腿，把两条腿拉到一块儿，再绾个死结，就能把它们牢牢地捆在一起了。

哈尔与巨熊搏斗时，罗杰飞跑到别的伊格庐去求援。因为光靠两个孩子是对付不了这只重达四五百千克的大怪物的。

因纽特人最乐于助人，只不过几分钟光景，12个人就来到了现场。他们并不清楚要他们来干什么。一个因纽特人带着一支笨重的枪来，另一个则带来了弓和箭。哈尔的因纽特语讲得还不够好，无法向他们说明为什么不能把熊打死。

一位英俊少年走上前说："我会英语，你们要怎么干？"

"我们要活捉这只熊，"哈尔说，"然后把它送到动物园。"

"动物园？动物园是什么？"

"是一个地方。在那儿，野生动物会得到很好的照顾。人们可以到那儿去观赏那些动物。"

"嗯，很好。"那少年说。他转身朝那群带着枪支弓箭的人说了几句，似乎在给他们解释，要他们来干的并不是一桩杀生活儿。

"你叫什么名字？"哈尔问。

1 北极熊

那位少年露出为难的神色。"因纽特人从不自己把名字告诉别人。"他说。

"为什么不？"

"因为对于因纽特人来说，名字就是他的灵魂，是一个神灵。如果神灵守护着的那个人把自己的名字说出来，就会惹恼神灵。但如果别的人可以替我告诉你，那倒没关系。"

他对身边的一个人说了些什么，那人随即将名字的主人不敢说出口的那个名字告诉了哈尔。原来，这位给他们帮忙的少年叫奥尔瑞克。

哈尔紧握着奥尔瑞克的手说："奥尔瑞克，认识你很高兴。你多大了？也许，这也得保密？"

"不用保密。我20岁，你呢？"

"我也是。"哈尔答道。

罗杰提出一个问题："北极熊的因纽特名字是什么？"

"南努克。"

哈尔说："我相信我们大家，包括北极熊，一定会相处得很好。"

奥尔瑞克望着他热情地微笑。他们已经成为朋友了。

"呃，说到这只熊，"奥尔瑞克说，"你们有布吗？"

哈尔不明白用一块布怎么对付得了北极熊。不过，他还是走进伊格庐拿了一条围巾出来。

几个因纽特人把奥尔瑞克托上伊格庐屋顶。只见他用围巾紧紧裹住熊头，把它的双眼蒙得严严的。

这办法有神效，巨兽被征服了。它不再咆哮，也不再乱扭，甚至连轻轻的蠕动都停止了。北极熊安静得像只绵羊。

兄弟俩把家里带来的一只铁笼子放在伊格庐前，正对着雪屋的门。

大家用斧子把卡住北极熊的冰砖砍碎，北极熊巨大的身躯重重地落在雪屋的地板上。它的四条腿被捆着，眼睛也被蒙着，只能弓着背在屋里瞎撞。但它很快就找到了出口，趔趔趄趄地撞进了铁笼，笼门随后就关上了。

"它折腾了半天，累了。"奥尔瑞克说，"北极熊特别贪睡，等它睡熟，你们就可以进笼去把蒙眼布取掉，把捆腿的绳子解开。不过，一定得非常小心。万一弄醒了它，它就会朝你猛扑过来，比闪电还快。要不，还是我来干吧。"

"不用，我能对付。"哈尔说。

"我来，"罗杰插嘴说，"不管怎么说，它总是我的熊吧——是我坐着了它。"

哈尔哈哈大笑："照你这么说，你坐着了它就有特权了吗？不行。如果回家的时候只剩我一个，家里的人可饶不了我。"

熊和哈尔都睡熟了。罗杰蹑手蹑脚地溜进兽笼，给熊摘下蒙眼的布，松了绑。熊被弄醒了，却没有闪电般地扑向罗杰。北极熊很聪明，这只北极熊的智商足以让它懂得罗杰这样做是为它好。

它翻了个身，又睡着了。

2 奇怪的格陵兰

"人们干吗管这儿叫绿地①呀?"罗杰觉得很奇怪。

"也许正因为它不是绿的。"哈尔答道。

"这算不上是答案。"罗杰不服气地说。

"是的,这就是答案。丹麦人到这儿来了以后,它就成了丹麦的一部分。他们想让别的人也移居到这个世界最大的岛上来。格陵兰岛面积217万多平方千米。但岛上人烟稀少,再大也没用。要是他们管这儿叫忧郁岛、死岛或无人之地,人们就不愿来了,所以他们才给它起了个名字叫绿地。"

"他们这是撒谎。"

"不全是。确实,这座岛的绝大部分都覆盖着冰雪。什么样的冰雪啊! 3400米厚。如果人钻进去1500米左右,就会觉得像钻进了时间隧道,看见的全是千岁高龄的冰层。这些冰从来都没融化过——除了夏天,冰的表层会融化一丁点儿。现在,冰层还在不断变厚。10000年后再回这儿来看看吧,你看到的将会是一座高耸入云的冰山。"

"谢谢,我可不想再回这儿来。不过,我觉得它还是应该叫作无人之地。干吗叫绿地呀?"

---

① 指格陵兰,"格陵兰"在英语中的意思是绿地。——译者注

"因为,"哈尔回答,"在岛的西岸有一条8~16千米宽的绿色地带。那儿不是森林,那儿的所有植物都长不到3米高。但那儿有矮小的桦树、桤木、苔藓、虎耳草、罂粟,还有草地。我们所在的这个地方离那儿不远。听说,人们能在那个离北极不远的地方种甘蓝、芜菁、生菜、小萝卜,甚至能在花园里种花。"

"眼见为实。"罗杰嘟哝道,"这些东西为什么光长在西岸而不生长在别的地方?真是莫名其妙。"

"它们长在那儿,是因为有一股墨西哥湾的水流流经那边的海岸,它从墨西哥湾带来了暖流。当然,流到这儿水已经不那么暖了,水温可能差不多降到0℃了。但那也不算冷得太厉害,不像在东海岸,你简直可以把那边的蛮荒地带叫作不毛之地。"

罗杰不得不承认,无论什么问题都难不住他的哥哥。要是罗杰自己懂得的能有哥哥的一半,他就算得上学识渊博了。

"还有一个问题我百思不得其解,"罗杰说,"这儿为什么老是这么黑?"

"因为这儿现在仍然是冬天,整个冬天都没有太阳。但在夏天,太阳从早到晚都大放光芒。不过,它从不升到天空当中,而是整天都待在地平线附近。要是没有钟表,你永远分不清中午和半夜。"

"可我有表。"

"即使有表,也不易分辨。比方说,你的表指着10点,请问,是哪个10点——是上午10点还是晚上10点呢?"

罗杰感慨万端:"从来没听说过有这么颠三倒四的事情。说是冬天,又只是灰蒙蒙的,怎么不是一团漆黑?"

2　奇怪的格陵兰

"因为太阳已经到了它即将升起的地方,只不过还没有进入我们的视线以内罢了。再过几天,我们就能看见太阳了。几个星期后,你甚至会对太阳感到厌倦——你要睡觉了,它却还在照耀着你。"

罗杰哈哈大笑,即使是这样讨厌的事也不能使他兴致稍减。

"我想起一样好东西,"他说,"我的北极熊。我这就去喂它。我也弄不清这是早餐、午餐还是晚餐——管它什么餐呢。我敢打赌,它一天到晚都想吃东西。"

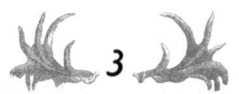

3

罗杰与巨兽

罗杰跟动物们总能相处得很好。这也许是因为他喜欢它们,但也可能是因为它们不怕他。他太年轻了,才14岁,还不够格让任何动物害怕他。

他的北极熊南努克四足落地站起来时,肩高150厘米。罗杰的身高也是150厘米,和北极熊正般配。

只消几口,他的这位四条腿的朋友就能把他整个儿吞掉。那样一来,罗杰就没有了。只要流露出丝毫畏怯,罗杰就完蛋了。

但他却轻言细语,温柔地爱抚着那只巨兽,仿佛它只是一只小猫咪。这位老兄一辈子都没有享受过这样体贴入微的照顾。它的母亲从不爱抚它,它的父亲甚至威胁它,要把它吃掉,而这个男孩每隔两天就给它喂一次东西。以前,为环境所迫,它经常一两个星期什么也吃不着。

南努克既没学过因纽特语,也没学过英语,但它会分辨人说话的语调。罗杰轻柔的嗓音在它耳边响着,它就努力模仿,发出心满意足的呜呜声回应他。

一天,罗杰对哥哥说:"我想把它放出来。"

"你一放它,它准会像一道白色闪电,嗖的一声就无影无踪了。"

罗杰尊重哥哥的意见,但也信任他的巨熊朋友。他轻手轻脚

3 罗杰与巨兽

地打开笼门。南努克没动弹。罗杰走到体重半吨的巨熊后面,动手推它。他倒不如去推一堵石头墙呢!

熊回过头去望着他,它那双大眼睛仿佛在问:"你想干什么,小家伙?"

罗杰想出了另一个办法来对付这座骨肉大山。这个办法也许能行,也许不行。他走出笼门,站到笼外五六米的地方,然后转过身来开口说话。他还是用南努克很容易听懂的语调说着。

巨熊南努克站着,一动不动。5分钟,10分钟,15分钟过去了,罗杰仍然耐心地说着。过了一会儿,格陵兰的百兽之王终于学着它的朋友的样子走出了铁笼。

打那以后,笼子门就一直敞着。北极熊要吃要睡就进笼去。笼子里铺着厚厚的驯鹿皮,睡在笼里比睡在雪地上强多了。雪地上到处是石头,睡上去硌得慌。

因纽特小伙子奥尔瑞克前来告诉他们,离岸不远的海面上发现了"美髯公"。"美髯公"就是力大无穷的巨长须海豹,因纽特人管它叫孟克乐克。

有关孟克乐克的事儿,哈尔听过不少。他爸爸约翰·亨特在纽约附近有自己的动物养殖场。他说:"能弄到手的海豹你们都得弄回来,特别是巨长须海豹。它身长3米以上,平均体重360多千克,特大号的体重可达720多千克,翻一番呢。小心它那张巨口,一口就能把你的头咬掉。像所有海豹一样,它从冰洞口将头探出水面来呼吸。不同的是,你们抓得住那些小一点儿的海豹,而且能把它们从水里拖出来。"

"但是,一只体重达360千克的海豹,你绝对没办法把它从只有15厘米宽的冰洞口拖出来。"罗杰说,"那么,你打算怎么逮住它呢?"

"下去呀。戴上水下呼吸器,穿上乙烯橡胶潜水衣,到水底下去。水可能很冷,但乙烯橡胶能为你保暖。"哈尔说。

于是,身裹厚厚的乙烯橡胶潜水衣,背负氧气罐,他们跟着奥尔瑞克走过短短一段路,来到海边。背上的氧气罐是在水下搜索那巨兽时呼吸用的。

罗杰回头一看,他的熊跟在后面。

"拦住它,"哈尔说,"让它回去。"

"说得倒轻巧。"罗杰不以为然。

"你不懂,"哈尔说,"海豹是北极熊最爱吃的东西。让它一块儿去,碰上海豹,它会把它吃掉的。"

"我相信我能教会它不那样干。"

"它只会成为讨人嫌的累赘。"

"恰恰相反,"罗杰说,"要逮住360多千克重的孟克乐克,它可能正是我们不可多得的好帮手。我们俩的力气加起来还远远比不上它哩。不过,为了让它慢慢学会不吃海豹,我们可以从比较小的海豹开始。"

奥尔瑞克到附近的北极小镇休丽租卡车去了,哈尔还让他带上几个人来帮忙。如果能成功逮住巨长须海豹,卡车和人都是用得着的。

两个小家伙踏着冰走着,来到一个海豹洞前。海豹通常会在冰面上打洞,而且让洞口保持不结冰,以便它们能把头伸出水面来呼吸。兄弟俩静静地站在洞口旁等着,不敢挪动半步,因为哪

3 罗杰与巨兽

怕是靴子在冰上轻微的摩擦声也会把海豹惊跑。

等了半天,一颗黑色的头终于从洞口钻出来。哈尔一把抓住它,用力往外拽。罗杰则在一旁用大折刀把洞口挖大。

"好极了,"哈尔说,"是一只竖琴海豹。"这家伙背上的黑斑纹真像一把竖琴。"这只不过是一只小海豹。不错,它比它那2.5米长的爸爸好对付。"

北极熊南努克冲上前去。这是给它吃的早餐吧?罗杰一把捂住它的嘴,北极熊顺从地退了回去。这是给它的第一课。小海豹被扔进了口袋。

不一会儿,他们逮住了一只环斑海豹。北极熊又一次被管住了。第二课。

一小时以后,他们又逮到了一只。这是一只羽冠海豹,叫这个名字是因为它的上唇很长,长得像耷拉在脑袋上的一顶帽子。南努克还是没能拿它当早餐吃。第三课。

三只珍贵的海豹都已放进了口袋。

南努克也已经结业,可以跟孩子们一起到冰下去了。遇上巨长须海豹可以交给它,而且不用担心它会把海豹吃掉。

罗杰早已知道北极熊是有名的游泳好手。它每小时能游将近10千米,一口气能游160多千米,任何海豹都不可能游得像它那么出色。罗杰也知道,北极熊只要使劲儿一巴掌,就能击毙一只体重360多千克的巨长须海豹。他绝不能让这种事发生。

奥尔瑞克开着一辆大卡车——外带6个人——回来了。他说:"等你们逮住孟克乐克,我们随时会帮忙。真想跟你们一块儿下去,可我既没有潜水服,也没有水下呼吸器。顺便说一声,在水底下,你们要把眼睛睁得大大的,留神别让另一种巨兽——乌格育克溜了。"

"从来没听说过。什么是乌格尔约克?"

"是乌格育克。"奥尔瑞克说。

"是一种海豹吗?"

"一种巨型的海豹,有五个汉子那么重呢。"

"好吧,这种乌格尔布格尔,"哈尔说,"在英语里叫什么?"

"没有英语名字,等你见了就知道了。它在水里扭扭摆摆,像跳芭蕾舞似的。这儿没多少人认得它,连你们的父亲都可能从来没听说过它。可是,你们要能逮住一只,让他卖给动物园,能卖好几千美元呢。"

"好哩,"哈尔说,"咱们就逮孟克乐克和乌格尔伯格去。"

他心里很清楚,那个词是乌格育克,但变着花样拿它闹着玩儿,他觉得挺开心。奥尔瑞克听完也哈哈大笑起来。

尽管夏天即将来临,海面上仍然处处冰封。附近只有一条窄窄的水道没有冰封,两个孩子和北极熊就从这儿溜到冰下。

水面一带布满浮游生物和微小的单细胞生物,它们是须鲸的食物。但在水深9米多的地方,水像玻璃似的清澈明亮,水温接近冰点。不过,孩子们穿着乙烯橡胶潜水服,不觉得冷。

海豹幼崽们对来访的客人很感兴趣。它们围着他们游了几圈儿,然后,小心翼翼地游上前去咬罗杰的手。它们像放了学的孩子那样欢欣雀跃。哈尔则用防水手电照着这帮小东西的生动舞姿。

不过,就连饥肠辘辘的北极熊对它们也不屑一顾。

3 罗杰与巨兽

色彩缤纷游来游去的鱼、五光十色的贝壳、背上点缀着彩虹般的花纹的螃蟹，还有那婀娜起舞的海团扇，把海底装点成美丽的童话世界。海团扇扎根在海底的泥土里，看上去像是十足的植物——哈尔却知道它们是动物。多么奇妙啊——在泥土里生根的动物！

一只孟克乐克游过来了。巨长须海豹是以爱吵吵嚷嚷出名的。"巧克，巧克，巧克……"它唱着，歌声是那样嘹亮，隔着水也能听得一清二楚。它游近了，眯着它那弱视的眼睛斜睨着那几个侵犯了自己领地的古怪东西。

哈尔马上把一个用生牛皮绳子绾成的套索抛出去，套住了这大家伙的头。罗杰和他动手把这庞然大物往冰洞口那儿拉。

他们马上发现，在这只360多千克重的巨兽面前，他们俩就像小猫似的软弱无力。

他们不但没能拖动那只巨大的海豹，反而让它拖着他们走。巨长须海豹的鳍就像宽大的船桨，使它能毫不费力地把这两只两条腿的动物拖到冰下很深的地方去。

北极熊！这正是用得着南努克的时候。罗杰四处寻找，他的大宝贝上哪儿去了？他朝头顶上一看，北极熊正在水面上呼吸空气呢。

是呀，南努克又没有水下呼吸器，它要呼吸，非要到水面上去不可。可它为什么偏偏在他们最需要它的时候上去呢？

它总算回来了，正在东张西望地找它的朋友呢。它找到了，他们正在深深的水里，在巨长须海豹的摆布下一筹莫展。

南努克赶忙潜下去解救他们。它来得正好！罗杰让北极熊咬住绳头。绳子猛地绷紧,孟克乐克猝不及防,只能徒劳地拍打着宽大的鳍。孩子们朝那条没有冰封的水道游去。他们的四五百千克重的北极熊毫不费力地把巨长须海豹拖往水道。水道上面,人们正在冰窟窿旁边等着。海豹大为震惊,长胡子吓得直抖。

它被抬到冰上,沿着一块倾斜的跳板滑上了大卡车。一路上,它不停地叫着:"巧克,巧克,巧克。"

"好极了,"奥尔瑞克高声欢呼,"你们干得好哇!"

"不是我们干的。"哈尔说。

"那么,是谁干的呢?"

"是我们那只四条腿的大家伙干的。没有它,我们只能一败涂地。"

"好啦,上车来吧,咱们进城去。"

"先别慌,"哈尔说,"我们还见到了另一个大家伙,可能就是你说的那种乌格育克。我们还得再下去一趟,看看能不能逮住它。"

于是,他们又下去了。当然,他们没忘记带着他们的南努克。他们知道,没有它,他们肯定一事无成。

他们刚才看见的那个大家伙还在那儿。看样子,它真有5个汉子那么重。它一会儿蠕蠕前游,一会儿弓身扭摆,动作猛烈,仿佛在狂舞。

他们抛出套索把它套住,把绳头交给他们的大宝贝,那家伙却还在蠢蠢蠕动。北极熊尽职尽责地用力把它拖到正在冰上等候的人们那儿。人们把它弄上卡车捆牢,把装着小海豹的口袋也装上了车。

3 罗杰与巨兽

"你们上哪儿去?"奥尔瑞克问。

"休丽城的空军基地,"哈尔说,"我们要包租一架空中货车——我猜,就是你们叫作运输机的那一种——让它今晚就飞往我们设在纽约附近的动物养殖场。我马上给爸爸打电报,让他留意查收。"

他给父亲打电报说:

> 今晚由货机送去竖琴海豹、环斑海豹、羽冠海豹、巨长须海豹各一只。另有一只乌格育克——勿笑——货于明晨抵你处。北极熊亦已到手,因仍需用它,暂留于此。
>
> 爱你的哈尔

回到伊格庐后,罗杰说:"有一件事我不明白,飞机上又没有水,那些海豹难道不会死掉吗?"

"它们不会有事的,"哈尔说,"很久很久以前,海豹曾经是陆地上的动物。从某种意义上来说,它们现在仍然是,没有鳃,不能像鱼那样从水里吸取氧气,还得到水上面呼吸。它们喜欢到海里去,是因为那儿能找到食物。一旦吃完了东西,它们就会马上从水里跳出来。还记得阿拉斯加的冰河湾吗?"

"当然记得。"

"你在那儿见到了什么?"

"数以百计的海豹,一只只趴在浮冰上。"

"对呀,它们大部分时间都喜欢离开水,待在水面上。你还记得俄勒冈沿岸水中的那些巨石吗?你在那儿看见了什么?"

罗杰回答:"准确地说,我们根本没看见那些石头,因为它们全都被海豹遮没了。"

"对呀，除了肚子饿的时候，它们大都喜欢离开大海。所以，你大可不必为它们要在货机上过一夜而担心。等它们到了我们的动物养殖场，乐意的话，大可以享用那个湖，因为湖里有鱼。不过，等我们回到家，我敢打赌，我们准会看见它们一只只趴在石头上，享受着新鲜空气。"

4 "聪明的家伙" 泽波

"聪明的家伙" 泽波

屋顶上那个被大家伙北极熊顶穿的洞已经补好了。这会儿,哈尔、罗杰和奥尔瑞克正舒舒服服地坐在温暖的雪屋里聊天。

"顺便问一句,"哈尔说,"你是在哪儿学的英语?"

因纽特小伙子答道:"在你们的国家。我在哈佛大学度过了两年时光。不久,我还会再去完成我的学业。"

哈尔震惊了:"我敢说,你几乎是唯一曾出国留学的因纽特人。"

奥尔瑞克笑了:"我们的人当中已有不少人去了英国或美国留学,他们尤其想学英语。"

"为什么想学英语?"

"学会英语回来能找到工作呀。在格陵兰有大约6000名英美人士,这你们早就知道了吧。这儿的大多数行业都由他们经营管理,还有两个大型机场——一个在休丽,另一个在桑德·斯特罗姆约德。因纽特人要想找工作,只要会说英语,找到工作的可能性就大一些。"

"但格陵兰岛属于丹麦呀。这儿的丹麦人不是很多吗?"

"是很多——而且,他们都是些很优秀的人——但他们没有英国人和美国人那样的专门技术。"

"我也听说是这样,"一个刚刚进屋的相貌粗鲁的家伙说,

"你说得很对,我们就是精明能干,你们因纽特人就是世界上最笨蛋的人。我说的就是你。"

他直盯着奥尔瑞克。奥尔瑞克一声不吭。

哈尔忍不住反驳:"别太放肆,泽波。他们已经告诉我你叫什么名字。大熊把我们的屋顶顶破以后,别人来帮忙,你也跟着来了。但我记得你躲在后面,什么忙也没帮。"

"我干吗要跟一群因纽特人搅在一起?"泽波不假思索地说,"我根本不屑与这些无知的笨蛋为伍,我的伙伴比他们强多了。"说完,他又盯着奥尔瑞克。

"你上过哪一所大学?"哈尔问。

"苦难和挫折的大学。"

"你知不知道,"哈尔说,"你冒犯的是一位哈佛高才生?"

"什么玩意儿?"

"一位曾经在哈佛大学留学的人。"

"从来没听说过叫这样一个蠢名字的古怪城市。至于我——我是纽约人——那是世界上最大的城市。我到你这儿,是来要工钱的。"

"要什么工钱?"

"帮忙抢修你们这座笨蛋雪屋的工钱呀。"

"你压根儿就没动过一根手指头去抢修过任何东西。帮忙干活儿的都是因纽特人——他们是为友谊来帮忙的——一个子儿也不会要。不过,为了把你打发走,我可以给你工钱。"他掏出一张5美元的钞票,扔给泽波。

"才5美元,"泽波咕哝道,"给50才对。"

4 "聪明的家伙"泽波

"我会给你 50 的——揍你 50 拳——你要不赶快滚出去的话。"一向说话彬彬有礼的哈尔真发火了。

泽波走出屋时,还恶狠狠地威胁说:"我还会再来找你的——你这牛皮大王!"

外面传来一阵枪声,哈尔应声冲了出去。睡在伊格庐背风处的南努克站了起来,正在咆哮。那无赖企图枪杀他们的宝贝北极熊。哈尔和罗杰摸了摸南努克,它不过在脖子那儿伤了点儿皮。

泽波跑了。这家伙的枪法太糟糕了,连一个重达四五百千克的巨靶都打不中,北极熊仅仅掉了几根毛。

5

谁在乎驯鹿

一天，一只北美驯鹿顺着伊格庐后面的山坡滑下来，撞倒了屋墙，落到屋里。这么一来，两个孩子可就有事儿干了。

屋里闯进只北美驯鹿，这实在是太过分了。

这算倒霉还是幸运呢？爸爸曾要求兄弟俩弄一只北美驯鹿。现在，驯鹿自己送上门来了。

北美驯鹿属于鹿科，有时候，人们也管它叫北鹿。但它与我们常见的鹿大不一样，它没有那双可爱的褐色眼睛，既不温驯也不友善。

眼前这只驯鹿已经开始野性大发。不知为什么，在伊格庐里，它感到很不自在。它那对漂亮的犄角胡挑乱撞，把茶炊、煎锅、碟子和灯全都弄得满屋乱飞。

"咱们逃吧，快！"哈尔说。

他们逃出了雪屋。不过，驯鹿那对尖利的犄角扎进人柔软的血肉之躯的滋味，他们还是尝到了。那并不怎么舒服。

对驯鹿来说，雪屋不是家，而是牢房。它要把雪屋撕个粉碎。它身体的两头都隐藏着杀机——前头是它的犄角，后头是它的蹄子。

驯鹿的蹄子厉害得出了名。它曾踢死过许多妨碍它的动物，包括那种把自己叫作人的两条腿的动物。

5 谁在乎驯鹿

"它会把雪屋撕成碎片。"哈尔说。

他没有夸大其词。驯鹿的那对犄角正在把伊格庐一面墙的冰砖撞塌,而那对可怕的后蹄同时也正在把另一面墙踏成雪粉,锅呀盘呀什么的摔得乒乓直响。因纽特人被惊动了,纷纷跑来看发生了什么事。奥尔瑞克也来了。

"你们干吗要放它进伊格庐?"奥尔瑞克感到莫名其妙。

"我们没请它,"哈尔说,"是它自己进去的。碰上这种事情,你们通常会怎么办?"

"见鬼,但愿我知道该怎么办。"奥尔瑞克说,"这种事,哈佛可没教过。"

泽波来了,他倒知道该怎么办。他悄悄翻过倒塌的雪墙溜进去,一把抓住北美驯鹿那残存的短尾巴。驯鹿立时撅起双蹄踢中他的肚子。泽波直飞起来,摔在3米以外的一块尖石上。他像虾米似的弓起腰,捂着肚子,娃娃似的嘤嘤哭泣起来。

他埋怨哈尔:"你得赔我。"

这家伙总是什么也没干就要人付工钱。

哈尔没搭理他,他不能把时间浪费在一个哭哭啼啼的小娃娃身上。

伊格庐全毁了。驯鹿正朝三个孩子直冲过来。哈尔抓住一只鹿角,立刻被挑到离地两三米的半空中,然后又被甩下来。不过,他仍然挂在鹿角上。鹿犄角的很多枝杈伸向四面八方,奥尔瑞克和罗杰也各自抓住了一只。他们终于让驯鹿站定了。

泽波一只手还在捂着肚子,另一只手却举起了一根鞭子。他说:"让我来教训教训这畜生。"

就在鞭子将要落下的一刹那，罗杰一把抓住了它，把它从泽波手里夺了过来。

"你这个自命不凡的家伙，别多管闲事。"泽波嚷道，"对野生动物你懂得多少？"

"不算多，"罗杰说，"但我知道，你如果想让一只受惊的动物安静下来，用鞭子是不行的。"

他一只手仍然抓住一只鹿角，另一只手则去抚摸那只激动的动物的脖子，同时对着它的一只大耳朵说一些虽无意义但却甜蜜动听的话。他坚持了整整10分钟，一边爱抚，一边温柔地说话。

这是罗杰的拿手好戏。那只驯鹿不再挣扎，一双眼睛凝视着罗杰，看上去已经没有了恶意。

罗杰总算运气不坏，没费很大周折就把驯鹿制伏了。加拿大北部和格陵兰岛的因纽特人曾经驯服过成千上万只驯鹿。套上挽具的驯鹿拉起犁或车来，丝毫不逊于马和牛。事实上，它们比牛强多了。一只驯鹿拖着双人雪橇飞奔时，时速可达近30千米。要驯服它们，需要的只不过是一点点的体贴和理解。

罗杰注意到北美驯鹿的脚大得像汤盘。

"所以它能够在雪地上走，而不会陷进雪里。"奥尔瑞克说。

"它上唇上面的那块扁平骨头真好玩，像把铲子似的，那是什么？"罗杰问。

奥尔瑞克答道："那呀，正像你所说的一样——那是一把铲子。它用这把铲子推开挡着它的雪，这样才能吃到埋在雪底下的地衣。一年当中的大多数日子，驯鹿几乎只吃地衣为生。"

"地衣是什么？"

5 谁在乎驯鹿

"是一种植物,长在别的东西都不生长的地方。它甚至不需要土壤,在岩石上也能长。因为它有点儿像苔藓,所以人们有时也管它叫驯鹿苔。所有的鹿科动物,包括驯鹿,都认为它是一种好吃的东西。即使埋在雪下,它也能继续生长。它总也长不高,最高不过5厘米。有些因纽特人也吃它——我自己就吃过,挺不错的。"

"爸爸让我们弄一只这样的北美驯鹿。"哈尔提醒弟弟说,"他说驯鹿是因纽特人最好的朋友,它几乎能为因纽特人提供他们所需要的一切。驯鹿皮是他们最暖和的毯子,而且驯鹿皮很结实,还可以用来做鞋子。驯鹿血做汤味道很鲜。切开鹿胃取出的苔藓,他们觉得像蛋糕一样好吃。驯鹿给他们提供肉食、奶酪、衣裳、帐篷、水桶,还有卧具。在加拿大北部,千万年以来,驯鹿一直是因纽特人生活的主要来源。驯鹿皮制成的衣服暖烘烘的。好啦,你已经把这一只驯鹿弄得服服帖帖的,我想,我们该把它送到机场去了。"

这个大家伙,这一堆400多千克重的肉和骨头,被人牵着犄角走了近两千米,一直走到机场。在那儿,它被牵进一辆篷车。等篷车里再装上几只别的动物,人们就会把车搬到飞机上——就是那种叫作运输机的飞机,这飞机将在某一天晚上起飞,飞往纽约的长岛。

6

可怕的旅程

两个美国小伙子和奥尔瑞克看着那已经变成废墟的雪屋,那雪屋是哈尔他们花了多少心血才垒起来的啊!

雪屋全给毁了,就连两块垒在一起的冰砖也都找不到了。这北美驯鹿破坏得可真够彻底的。

"你们打算再垒一间吗?"奥尔瑞克问。

"等我们回来以后再垒。"哈尔说。

这使罗杰吃了一惊:"我们要到什么地方去吗?"

"我一直在考虑去旅行一次,"哈尔说,"上冰冠去,现在正是上那儿去的季节。今晚我们就露天睡在那又暖和又舒服的驯鹿皮睡袋里。明天,我们去租十只狗、一辆雪橇,然后就出发。"

"你们什么也不用租,"奥尔瑞克说,"你们可以用我的雪橇和狗,只要你们让我跟你们一起去。"

"能有你一起去,再好不过了。"哈尔说,"当然,我们会付你钱的。"

"你们完全不用这样,"奥尔瑞克说,"我们因纽特人没有那样的习惯,我们认为朋友之间是不计较报酬的。"

哈尔知道跟他争是没有用的。他知道因纽特人的习惯,如果你的朋友为你出过力,你也为他干点儿什么就可以了。哈尔已经想好该为奥尔瑞克和他的父母干什么了。他要给他们建一座坚固

6 可怕的旅程

的石头房子，坚固得什么都摧毁不了它。这家因纽特人眼下住在一座伊格庐里。哈尔在休丽城见过那种石头房子，石块之间的缝隙用泥浆填实，泥浆冻得硬邦邦的，寒气一丝儿也透不过去。屋顶是缝在一起的兽皮，上面盖满草根泥，约有七八厘米厚，冻得几乎跟冰一样硬。夏天，这层泥土只融化一点点，刚好可以让花草在上面生长。那时，你头顶上就出现了一个真正的空中花园。

不过，不到快要离开格陵兰岛的时候，他绝不会给奥尔瑞克露一点儿口风。

夜里下雪了，哈尔和罗杰睡在他们的毛皮睡袋里，用睡袋盖蒙着头，很暖和舒适。清晨，他们实际上已被埋在10多厘米深的雪里。开始，奥尔瑞克没法找到他们。他看见两个雪丘，可等他拨开雪，却发现那只是两块大石头。后来，他看见不远处的雪在动，就像活了似的。他尽可能把上面的雪清除掉，这才找到那两个活生生的、饥肠辘辘的男孩子。

哈尔他们听到狗叫声，才知道狗和雪橇都准备好了。

"哈士奇①们已经准备出发了。"奥尔瑞克说。

"为什么叫它们哈士奇？"罗杰问。

奥尔瑞克解释道："哈士奇指的是那种魁梧强壮的人。这种狗也叫作哈士奇，正是因为它们个子大，而且身强力壮。"

他们踢开覆盖在他们身上的雪，匆匆吃了一顿早饭，然后把一些必需品——主要是食物——装上雪橇。

他们还往雪橇上装了板条箱和铁笼子，准备用来装他们可能

---

① 哈士奇：意指大个子的人，结实的、强壮的人，又指因纽特狗种。——译者注

捕获的动物。

"我们坐哪儿呢？"罗杰想知道。

奥尔瑞克笑了，他说："你不坐，你步行。除非你生了病，那样的话，你就搭乘雪橇。不过，要是哈士奇拖着你这么个大个子，就甭指望它们跑得快了。"

狗的挽具是用海象皮条制成的。哈士奇看上去很有力气，每只的体重都有40千克，甚至更重。奥尔瑞克说，它们是格陵兰岛最优秀的因纽特狗种。比起大多数别的狗种，它们的样子更像狼。

雪橇宽1.2米，它的滑行装置是格陵兰鲸的牙床骨。罗杰对这种滑板赞叹不已，他还看见每一个滑板的底部都结着一层冰。

"那是怎么回事？"

"是我弄的。"奥尔瑞克说。

"怎么弄的？"

"我把雪橇翻过来，然后，往每一块滑板上浇水，很快就结成一层冰。滑板上结了冰，不论在冰上或是在雪上，跑起来都很轻快。"

"哈士奇一天得喂三次吗？"

"根本不用，"奥尔瑞克笑着说，"甚至用不着每天喂它们。"

"它们难道不觉得饿吗？"

"它们会觉得饿的。但正是因为总感到饿，它们才跑得快。如果把它们喂得饱饱的，它们就跑不快了。"

"可是我们呢？步行或奔跑，怎么才能不陷进雪里呢？"

"我已经看到你们有滑雪板，我也有一副。我们穿上滑雪板，就能滑得像哈士奇一样快了。"

6 可怕的旅程

"你的狗真安静，即使它们在吠叫，那叫声听起来也很难称得上是吠叫。"

"对，"奥尔瑞克说，"它们只有两种叫法：一种是低沉的、威胁的叫，一种是狂怒的嗥叫。"

"嗥叫？"罗杰说，"那是狼的叫声。"

"是的。如果说这些哈士奇每只身上都有那么一点儿狼的血统，那也不奇怪。但那并不意味着它们喜欢狼，它们怕狼怕得要命。我有7只狗就是被狼咬死的，咬死了还要吃掉。"

"但愿我们不要碰上狼。"罗杰一本正经地说。

"我们很可能会碰上。不过，我们眼下不要去想它。你们准备好了吗？最好穿上你们的滑雪板，我的已经穿好了。这样，我们在雪地里走就不会总是绊跤了。"

他们出发了，仿佛朝着一个远离尘世的地方走去。罗杰的心兴奋得怦怦直跳。想象着未来的探险旅程，连他的哥哥也不由得激动万分。他们即将踏上巨大的冰冠，在他们脚下将不再是仅仅七八厘米厚的冰，就像湖面或海面上的冰那样；也不再是1米厚的冰，而是厚达3000多米的冰层。这听起来简直不可思议。

从低处爬上冰冠可不是件容易的事。这冰冠从高到低根本不是逐渐倾斜的，到处净是一些90～120米高的陡峭的悬崖。让10只哈士奇和一辆雪橇爬上这样的悬崖，简直是不可能的。

到处是悬崖峭壁，整个格陵兰岛只有几个从低到高坡度稍微平缓的地方，奥尔瑞克知道最近的一个在哪儿。哈士奇们兴高采烈，人踏着滑雪板，尽情享受在北极那令人精神焕发的新鲜空气中速滑的乐趣。

突然，奥尔瑞克说："现在，你们已经登上冰冠了。"

风已把雪吹散，滑雪板正在冰面上滑行，但冰层只有约5厘米厚。

"开玩笑吗？"罗杰问道。

"不是玩笑，"奥尔瑞克说，"这是冰冠的边缘，这冰冠是世界上最巨大的两座冰冠之一，另一座在南极。现在我们所要做的仅仅是往上攀登，往上，再往上。在这儿，著名的冰冠只有几厘米厚。我们要继续前进，一直爬到冰厚3000多米的地方。如果有人想退缩，现在说出来还来得及。"

没有任何人这样说。

坡势平缓，他们仍然可以向上滑行。

他们一直顺着缓坡滑过平缓地区，但眼下已经看不见路了。

罗杰问奥尔瑞克："我们干吗不走一条上山的路？"

奥尔瑞克回答："没有路穿过冰冠。"

"我看得出来这儿没有路，可在别的什么地方总该有路吧？人们怎么从格陵兰岛的此岸到彼岸去呢？"

"不管哪儿都没有路，也许将来有一天会有的。到那时，汽车会川流不息地从大冰冠的一侧驶向另一侧，人们会拖着大篷车旅行，也许，他们还会住在汽车旅馆里呢。他们想在哪儿歇宿就在哪儿歇宿，而且还可以享受到在自己家里一样的舒适，但是那一天还没有到来。"

"履带式的雪上汽车怎么样——就像我们在美国用的那种？"罗杰问，"那样，任何没有路的地方就都可以去了。"

6 可怕的旅程

"我知道,"奥尔瑞克说,"我到过美国,见过那种汽车。它们是不错,但我希望它们不要这么快就到这儿来。我喜欢我的朋友——那些哈士奇。我宁可要狗群的和平与宁静,也不愿要发动机的噪声和难闻的气味。还有,如果你在中途,汽油或者燃料油,或者不管你们叫作什么的那种东西用完了,该怎么办呢?这上头可没地方加油呀。用狗你就不用担心了。它们可不会没油,它们每隔两天才吃一次东西,而且总是那么开心,那么热衷于它们的工作。此外,你跟它们还可以做朋友,而跟汽车却不行。"

可怜的奥尔瑞克。这种古老的愉快的生活方式总会改变,那一天终归是要来的,而且为期不远了。

他们往一个山坡上爬,坡很陡,他们只得脱下滑雪板,把它们放在雪橇上,自己步行。

这是艰难的攀登,这些哈士奇却丝毫没有畏缩。看样子,奥尔瑞克也毫不在乎,但哈尔和罗杰却爬得气喘吁吁。后来,连勇敢的狗都累了。罗杰曾以为可以舒舒服服地坐在雪橇上,让狗把他拉上山去。这一下他才明白,那是一个多么不切实际的梦。他们挣扎着努力攀登了整整 3 个小时。

巨冰冠之巅越来越近了。这冰冠完全不是罗杰想象中的样子。他原以为冰冠会是圆圆的、光溜溜的,就像一个秃顶老头的光脑袋一样。

然而,眼前的冰冠上却布满山丘和洞穴。洞穴是宽大的冰隙,有些冰隙宽 10 多米,深 100 多米。山丘是风吹积雪形成的雪堆,在疾风中,它们越积越高,以至冰冠上处处耸立着 6～30 米

6 可怕的旅程

高的雪丘。雪又变成了冰,看上去它们完全像浮冰,只不过它们不是漂浮在海上,而是矗立在3000多米高的格陵兰冰冠之巅。

"我们可以绕过某些雪丘,"奥尔瑞克说,"不过,眼前这座雪丘太大了,我们没有时间慢吞吞地绕过它,只好从上面翻越过去。"

奥尔瑞克在这座冰山的山腰上,挑了一个适宜攀登的地方。在两个从纽约来的孩子看来,那地方根本是不可能攀登的。但这些哈士奇已经在努力征服它,它们的勇气,给其他攀登者树立了好榜样。

他们往上攀登,不断地滑倒,摔跤,前进两米,又溜下来1米。但他们没有松劲,坚持着一直攀上峰顶。

眼前的景色多么壮观!俯瞰远方,是海滨城市休丽;环顾四周,是冰雪的金字塔。这"金字塔"大约有70座,奥尔瑞克把它们叫作努纳塔克。

根据休丽城的位置,罗杰猜测着北极的方位。

"北极应该在那边,"他说,"哈尔,看看你的指南针。"

哈尔取出他的指南针,可是指针根本不指向北极,却指向西南方。

"这你可怎么解释?"哈尔说,"这指南针准是疯了。"

奥尔瑞克咧嘴笑了。他认为疯了的不是指南针,而是哈尔。

"你忘了一个事实,"他说,"指南针实际上从不指向北极。"

"那它指向什么?"哈尔追问。

"指向北磁极。"

"我记起来了。地球是一个磁场,这磁场的北端在我们的西南方。但如果你在纽约看指南针,由于你距离两极都很远,指南针会使你认为它真的指向正北方。"

"可在这儿,"罗杰埋怨道,"我们却只好猜测北极的位置了。我说呀,我们得做各种各样的猜测。我们得猜测现在是上午、中午还是晚上。瞧那个愚蠢的太阳,整个夏天都不升上天空,也从不落下去。它就这么转呀转呀的,一个夏天都是这样。在这儿呀,夏天也像冬天。"

穿着厚厚的驯鹿皮大皮,他还是冷得发抖。

"现在,这儿是6月,"他说,"可天气却比纽约的2月还冷得多。一切都七颠八倒的。"

"好啦,"哈尔哈哈大笑,"正因为这样,这儿才使人感兴趣啊。你总不会指望格陵兰只不过是另一个纽约吧?"

他们走下冰山,一会儿在努纳塔克之间迂回,一会儿又翻越一座这样的冰雪金字塔。

寒风凛冽。冰冠顶上的风很是骇人。在山下的休丽,风不会那么可怕。但在离它3000多米的山上,风以每小时240多千米的速度刮过冰冠的峰巅。

不久,他们就感到寒气刺骨。

更糟糕的是,天开始下雪了。这雪是两个从纽约来的孩子所知道的雪中最古怪的,它不是一片片的雪花,强劲的风把雪片吹成了粉末。

"我们把它叫作雪尘。"奥尔瑞克说。

他们把自己连头一起裹在风雪大衣①里,雪粉却像灰尘一样

---

① 一种连帽的防风防雨大衣。——译者注

6　可怕的旅程

钻进大衣，钻进他们的皮袄，甚至钻进他们的海豹皮裤子，钻进每一个口袋，钻进靴子。最糟糕的是，雪粉直往他们的眼睛和耳朵里灌。如果他们胆敢张开嘴巴，雪粉就会灌进他们的嘴里。

罗杰逐渐落在后面。他是一个体魄强壮的孩子，但也无法赶上他的20岁的同伴。一阵特别猛烈的狂风吹倒了他，使他躺倒在雪地里。啊，躺下来是多么好啊！即使永远不再起来他也不在乎。他筋疲力尽，头晕目眩，可怕的狂风把他天生充沛的精力消耗殆尽。

哈尔朝回望。飞舞着的雪尘形成浓密的云翳，使他看不见弟弟。他大声呼喊，但风的尖啸盖过了他的喊声。他可能得回头去找弟弟了。那应该是很容易的——他只消顺着他的足迹寻去就是了。

但是，他却找不着足迹，足迹顷刻间就被雪填没了。那么，他们刚才绕过的最后一座努纳塔克是哪一座呢？他不能肯定。他开始感到头晕眼花。

"等一等，奥尔瑞克，我们把小家伙弄丢了。"

奥尔瑞克离他只1米来远，却听不到他说话。然而，当他摇摇晃晃时，奥尔瑞克却看到了，马上伸出手去扶他。

"我什么也看不见。"哈尔说。

"我知道，你这是陷入了'白色景象①'。"

---

① "白色景象"：北极地区的一种天气状况。这时，物体不能投射出影子，地平线不见了，只有黑色物体才能被看见。这是阴沉的云覆盖在积雪地面上空，使得穿过云层而来的光线基本上相当于从雪面上反射出来的光线而造成的。——译者注

"什么叫'白色景象'?"

"这是一个令人眩晕的阶段。这时,不管你往哪儿望都看不见东西,只有白茫茫的一片——地是白的,空气是白的,天空也是白的。一片混沌,莫名其妙。有些人陷入'白色景象'时会发疯。"

"哎呀,我可不能发疯,我还要把弟弟找回来呢。他要是摔倒在雪地里,会冻死的。我们刚才是从哪条路来的?"

"我也不能肯定。事实上,我自己也快要陷入'白色景象'了。"奥尔瑞克说,"不过,我知道谁能找到他。"

"谁?"

"这些哈士奇。"

他让狗群掉转方向,也许狗们还以为它们要回家呢。它们沿着来时的路往回走,走到罗杰躺倒的地方停了下来。罗杰已经失去知觉。

哈尔扑在他身上又推又搡。"醒醒。"他说。没有反应。

奥尔瑞克担心了,问道:"他死了吗?"

哈尔扯掉罗杰的一只连指手套,把自己的手指按在应该是脉搏的地方。他什么也摸不着,那只手冻硬了。

"我恐怕他已经过去了。"哈尔说。

"也许还没有。他冷得太厉害,手腕上的血液循环停止了。摸摸他的太阳穴。"

哈尔把他的指尖按在弟弟耳朵上方约3厘米的地方。开头,他什么也摸不到。他自己的手指也太冷,即使有脉息他也可能感觉不到。他把手放到自己的大衣里焐暖,然后再去摸弟弟的脉搏。

6 可怕的旅程

在弟弟的太阳穴上，他摸到了非常缓慢微弱的搏动。

"感谢上帝，"他喊道，"他还活着！"

"太好了！"奥尔瑞克大叫，"在这儿死掉的人已经太多了。咱们用几层驯鹿皮把他包起来，放到雪橇上去吧。等他暖过来应该会醒的，也可能不会……不过，我们总要尽力而为。"

他们用一块驯鹿皮把罗杰包裹起来，让有毛的一面朝里。在这一层驯鹿皮外面又裹上另一层驯鹿皮，让有毛的一面朝外。

"这样包最暖和。"奥尔瑞克说。

这些哈士奇原以为它们要回家了，现在又要转回头继续它们的旅程。

罗杰一动不动地躺了一个钟头，他的眼睛紧闭着。然后，温暖与生命似乎悄悄回到他身上，他睁开了眼睛。

"我怎么会躺在雪橇上？"他问，"难道我成了一件行李吗？"他挣扎着要掀开盖在身上的东西。

"还是试试看再做一会儿行李吧。"哈尔说，"我们差一点儿失去你。"

"我什么都记不起来了。"罗杰说，"让我下去吧，就是不加上我，狗拖的东西也已经够多了。"

"别动，"哈尔说，"就当你是暹罗王，这雪橇就是你的金马车。"

"风暴就要平息了，"奥尔瑞克宣布道，"那上头已经露出一点儿蓝天。半小时以后，我们就会看见太阳，然后我们就停下来吃午饭。"

"你怎么知道那是午饭时间？"哈尔感到奇怪。

"我的胃告诉我的。"奥尔瑞克说,"我其实并不知道那到底是午饭时间、晚饭时间或者半夜。不管是什么时间,反正体内有样东西告诉我说,该是吃点儿什么的时候了。"

7

冰冠探险

他们支起了帐篷。宿营的时候,支帐篷比垒伊格庐容易多了。他们的帐篷不是用帆布制成的,制造它的材料比帆布好得多。厚厚的、外面仍是毛茸茸的驯鹿皮挡住了寒风,他们睡觉时,驯鹿皮还可以遮挡阳光。帐篷里的地面也铺上了驯鹿皮。

"狗怎么办呢?"罗杰问,"难道它们不用卸下挽具吗?"

"不用,"奥尔瑞克回答,"挽具很轻,累不着它们。要是来了一只熊,而这些狗又没套挽具,它们会四散跑掉,我们就再也别想见着它们了。要是套着挽具,它们就会合伙攻击那只熊,把它咬死。你们不会愿意让狗跑掉的事发生吧?"

"但它们要是不能跑,不会冻死吗?"

"它们知道该怎样避免受冻。来,去看看它们。"

他把罗杰带到帐篷侧面。在那儿,罗杰看到了一幅奇异的情景。这是他有生以来所见过的最奇异的图景之一。

他看见的是一个狗堆。困乏的狗们相互依偎着叠成一堆,有的狗靠着两边挤着别的狗,有的借身下的或压在自己身上的狗取暖。

"能想出这样的办法取暖,这些狗可真聪明啊!"罗杰说。他正要进帐篷,奥尔瑞克却拦住了他。

"先把你那些雪尘弄掉。"他说,"你浑身都是雪尘,看上去像个鬼。你要就这么走进帐篷,点着你的小炉子,你身上的雪尘就会融化,渗进你的衣服里。然后,当你走出帐篷,湿衣服就会结冰,你就被裹在冰盔甲里了。"

三个孩子都开始扫掉满身的雪粉,喷掉鼻孔里的,掏出耳朵里的,抹掉眼睛上的,倒出口袋里的,把每个口袋都翻了个个儿。

他们把那些烦人的雪尘全弄干净了,这才敢走进帐篷,点着那个手提式小炉子,弄饭吃。

"我现在只想睡觉。"罗杰说。哈尔和奥尔瑞克也是只想睡觉。他们当中,只有哈尔带着表。他把表取出来一看,表停了。不知道是因为撞在某座冰雪金字塔上了,还是表里灌进了雪尘,反正表已经用不成了,这是毫无疑问的。

"嗨,管它几点钟呢,没关系。"哈尔说,"反正我们都累了——睡觉吧。"

大约7小时或8小时以后,罗杰醒来,一睁开眼就看见一张北极熊的脸。那熊正用力从活门板把头钻进帐篷。看样子,它正试图决定在这几小口细嫩多汁的佳肴中,先挑一块下口。罗杰可一点儿也不想成为一只熊的早餐。他尖叫起来,吵醒了两个同伙。他们看到那只巨兽硬挤进了帐篷,一时目瞪口呆,又恐慌又疑惑。

奥尔瑞克感到内疚。他本应带支枪来,可哈尔叫他别带,因为他们不是捕杀动物的人。

但这只北极熊却要捕杀,否则,它无以为生。然而只要它想吃东西,它就得被捕杀。面对这样一个杀戮者,三个非杀戮者该

7 冰冠探险

怎么办呢?

哈尔举起那只重重的煎锅,准备搏斗一场。正当他这件重型武器将要落到熊鼻子上时,这个不受欢迎的客人却突然变成了尊贵的宾客。它径直朝罗杰走去,用它毛茸茸的巨头往罗杰肩上蹭。

"是南努克!"罗杰大喊,"快把煎锅放一边儿去。"

北极熊在罗杰身旁躺下,喉咙底发出咕噜咕噜的声音,它可能竭力想说一句"早上好"。罗杰张开臂膀搂住硕大的、毛茸茸的熊脖子,孩子和熊都很高兴。

"它到底是怎么找到我们的?"罗杰感到奇怪,"雪肯定已经把我们的踪迹全都掩盖了。"

奥尔瑞克解释说:"光是雪根本不足以妨碍熊的嗅觉。"

"我原来不知道我们的气味竟臭成这样。"

"臭或者香,对这只熊来说都一样。是两样东西把它带到你这儿来的——一样是气味儿,另一样是爱。"

他们给熊喂了点儿吃的,然后自己也吃了点儿东西。一行三个走出帐篷——应该是四个,北极熊跟在罗杰身后。

这是一个清爽的早晨——如果是早晨时分的话,阳光璀璨。当然,当他们睡着的时候,太阳也一直在大放光芒。用厚毛皮制成的帐篷把阳光挡在了外面。现在,雪尘停了,风也住了,天空明净得像一个纯蓝色的穹隆。

只有一件事使罗杰不安:"我们的任务是搜寻动物,可我们还一只都没见着——除了南努克以外。"

"暴风雪来临时,它们全都躲在自己的洞穴里了。"奥尔瑞克说。

"我不相信这上头会有什么动物。怎么可能有？它们没有东西吃，连小小的一根草、一片叶子都没有，什么都没有。"

"它们不需要草，也不需要其他什么植物，"奥尔瑞克说，"它们全都是食肉类，吃肉的动物。"

"它们从哪儿弄到肉？"

"互相吃呀。熊吃狼，狼吃狼獾子，狼獾子吃狐狸，依此类推。所有这些动物都吃鸟，比如海雀①、北极鹅、红足鹅、白尾鹰、格陵兰游隼、雪鸦、雪枭，还有渡鸦。所以呀，不用担心，它们都有足够的食物。"

"嗯，"罗杰说，"我猜它们觅起食来一定很精明。"

"你说得对。在那个努纳塔克附近，我见过一个狐狸洞。走吧，去看看狐狸有多精明。"

他们走过去观察那狐狸洞，狐狸不在家。

"往里头看，"奥尔瑞克说，"看见那堆鸟了吗？"

"它们都没有头。"罗杰说。

"正是这样，连狐狸也不会吃头，这些全都是海雀。狐狸把它们的头全咬掉，然后把它们一堆一堆码放整齐，盖上沙砾，上面再压上石头。这样，当冬天到来的时候，它就有足够的食物维持那黑暗的几个月了。"

罗杰十分惊讶："我还以为动物们不会有为将来考虑的头脑呢。"

---

① 海雀：一种短翅、蹼足的北极海鸟。——译者注

7 冰冠探险

"有些动物，比如这只狐狸，考虑未来比一些人考虑得还周到。"奥尔瑞克说。

那天过得非常愉快，一点儿不像会有不愉快的事儿发生。

可是，不愉快的事儿还是发生了。在帐篷的另一侧突然一阵混乱，孩子们连忙跑过去看出了什么事儿。原来，三只狼不情愿拿鸟当饭吃——它们来袭击那些狗。

"它们不会真的咬死这些狗的，对吧？"罗杰说，"不管怎么说，哈士奇和狼是表亲。"

"表亲也会互相残杀的。"奥尔瑞克说，"去年，我的7只狗全都叫狼咬死了。"

罗杰冲进帐篷，拿出一只煎锅来。他把锅敲得山响，同时放声唱起歌来。那群狼从没听过这种声音。它们竖起耳朵，盯着那个手持煎锅的孩子。

"看见了吗？它们吓坏了，马上就会逃跑的。"罗杰大声说。

狼奔跑起来，不过不是逃跑，而是直冲向那个手里拿着煎锅的孩子。它们本来打算拿狗当饭吃，可看起来这个两条腿的讨厌的家伙肉挺多的，不如拿他饱餐一顿。

哈尔和奥尔瑞克声嘶力竭地尖叫着朝狼群冲去。那群野兽似乎并未注意到他们。它们凶残的牙齿深深地咬住罗杰的脸和手，并开始撕扯他的衣服。这是北极的一种狼，体形巨大，性情凶猛。罗杰无论多么强壮，也抵挡不住它们。狼们把罗杰推倒在雪地上，躺倒的罗杰只能用双手护着脸。

哈尔开始唱歌。这样干似乎很奇怪，但哈尔曾经听说过，狼讨厌歌声。但这一回，狼根本不理会哈尔的歌声。

后来，从帐篷那儿走来了南努克，它大吼一声冲向恶狼，吼声震动了努纳塔克。它张开巨掌飞快地掴过去，三只狼一只接一只倒成一堆。北极熊的巨爪跟狮子的爪子一样有威力，狮子猛击一爪就能置人于死地，北极熊的爪子也一样。两只狼已被打死，第三只哀嚎着，一颠一跛地逃命去了。

一顿美餐摆在面前，唾手可得，北极熊会把它吃掉吗？那是再自然不过的，但南努克刚刚吃过饭，它把两具狼尸留在原处，等着下一场雪把它们掩埋。

哈尔把罗杰扶起来，搀进帐篷。他在罗杰脸上被狼咬伤的地方抹上消毒药水，贴上胶布，又给弟弟的手缠上绷带。尽管伤口剧痛，罗杰既不呻吟也不抱怨。

他只觉得自己该死，给同伴们带来这么多麻烦。昨天，他们迫不得已把他放在雪橇上，今天，他绝不肯让他们像照顾婴儿似的照顾他。他的双腿还好好的。狼爪往他的眼睛上抓了一把，一只眼睛看不见了，但还有另一只眼睛。

他看见奥尔瑞克正把食物从帐篷里往外搬，堆成一堆，用大石头盖上。石块很大，这样才能防止野兽靠近。

"这些石头是哪儿来的？"罗杰问。

奥尔瑞克指指东边远处的高山。这些山高耸入云，山上没有冰雪。

"石块不断从那些山上滚下来。"

"它们怎么会滚到这儿呢？"

"经过昨天你该明白了。这里那些可怕的风暴每年能把岩石挪动近10厘米。10厘米不算远，但成千上万年呢？岩石当然就

44

7 冰冠探险

能移动很远的距离了。"

"你干吗把那些罐头食品全都放在石头底下？"

"这叫作食物窖。在这种不毛之地行进的旅行者，通常每隔一段路就留下一窖食物，以便他们沿原路往回走时有东西吃，不至于饿死。我们往前走还要留下几窖食物。"

"可我们会完全沿着来的路走回去吗？"

"很可能。因为那些狗想回家，它们会顺着来的路线走回去。这就是哈士奇的聪明之处。"

他们拆掉帐篷，折叠好，捆在雪橇上。虽说气温低于冰点很多，但天气很晴朗。太阳总升不高，发出的热量也少得可怜。人人都很高兴，包括那个被橡皮膏和绷带裹住了的15岁的小家伙。

8

霹雳河

"我听到了雷声。"罗杰说着抬头看看天空。天上一丝云彩也没有,整个天空就像一个巨大的湛蓝色拱顶。

然而,罗杰却听到了雷声,哈尔也听到了。

奥尔瑞克说:"不在上头,在脚下哩。你们很快就会看到是什么弄出这雷鸣声的,我们正朝霹雳河走去。"

他们来到一个看上去似乎是世界尽头的地方。他们从一道险峻的悬崖边朝下看,崖高100多米,崖下是汹涌澎湃的急流,恶浪咆哮,怒吼声在悬崖间回响,震耳欲聋。孩子们都同意,把这条狂暴的洪流命名为霹雳河是再贴切不过了。

"我们怎么过去呀?"哈尔问,"有桥吗?"

奥尔瑞克的回答是:"没有桥。"

"那怎么过去?"

"游过去。"

"你开玩笑吧!"哈尔说,"我们三个,加上北极熊,再加上十只狗和一辆雪橇,游过去?"

奥尔瑞克说:"你会游泳,对吧?"

"当然,但不是在这种激流当中。"

四只狗跑下了悬崖,被它们的海象皮挽具吊在半空中。它们可怜地哀鸣,发疯似的挣扎,吊着它们的生皮带子随时都会被拉

8 霹雳河

断,那样它们就会摔下万丈深渊。

奥尔瑞克赶紧指挥另外六只狗往后退,这才把吊在半空中的狗拉回到崖上安全的地方。

哈尔困惑不解:"哪儿来这么一条河?"

"河的源头离这儿很远,那儿的气候比这儿温暖,河水是那一部分的冰冠融化的雪水。"

"它为什么不会冻住?"

"这水流得太快,结不了冰。"

"好啦,现在我们该怎么办呢?能不能绕过去?"

奥尔瑞克摇摇头:"那样我们就得离开我们的路线四五百千米。不,我们只能游过去。"

"可这悬崖我们怎么下去呢?"

"我们不从这儿下。我们沿着崖边走,直到找到一个能走下去的斜坡。"

三个孩子和南努克照奥尔瑞克的建议做了。他们找到一个坡势较缓的地方,狗可以从这里走下去,不过孩子们得拽住雪橇,以免它往前滑,压断哈士奇的腿。

他们终于来到河边。河水喧嚣咆哮,像特别快车般奔腾而过,惊涛骇浪被卷到数米高的空中。

"根本不可能,"哈尔说,"我建议,咱们还是转回家去吧。"

奥尔瑞克哈哈大笑:"这不是你的心里话。我猜,你们俩都会游泳。"

"是的,但绝不是在这样的激流中。"哈尔再次说。

"狗也会游泳,游得最好的是北极熊。那么,干吗不脱掉你

47

们的衣服包进帐篷？在那里头，衣服不会被弄湿。"

哈尔仍然满腹疑虑。他知道弟弟刚刚遭到恶狼的一顿蹂躏，他还能经得起这野马般的急流的冲击吗？

"咱们下去吧。"罗杰说。他脱掉衣服，把它们收好。哈尔也脱了衣服，奥尔瑞克也跟着这样做了。至于南努克，它可不在乎它的大衣被打湿。

奥尔瑞克把哈士奇赶下奔腾汹涌、白浪滔滔的水中。在急流中，这些勇敢的狗游得像以往一样自如。雪橇漂浮在水面上，波浪拍击着它，但水却渗不进帐篷。罗杰攀着雪橇的尾部，浪涛抽打他，撞击他，捶打他，但他仍紧紧地抓住雪橇不放松。南努克伴随在他身边，保护他免受最凶险的波涛的拍击。

哈尔没有抓住雪橇。这回他可错了。就在他冲过一股涡流的旋涡回到主流中时，他就像大风中的一片树叶似的被卷走了。他竭力想游回雪橇那儿，却白费力气。没有办法，他只好随波逐流。他撞在暗礁上。波浪在拿他嬉戏，活像踢足球。一个浪头把他抛给另一个浪头，然后发出一阵开心的狂笑。它们玩得真痛快，哈尔可受够了罪。他回头一看，伙伴们全都到达对岸了。除了南努克以外，哈尔可能是他们当中游泳游得最好的。可现在，他惊慌失措，喘不过气来，还喝了不少的水。

他努力往岸边游，只要能靠岸，两边岸都行。但是，河中心的水流力量太大，他说什么也摆脱不了水流的支配。

他眼前变得模糊，头痛欲裂。再这样下去，他可就完了。

正在这时，他觉得有人来到他身边。是奥尔瑞克，还是罗杰？

8 霹雳河

原来是南努克。这位动物世界中的游泳好手救哈尔的命来了。它游到筋疲力尽的哈尔的下游一侧,让孩子全身紧靠着它,然后游往对岸。之后,哈尔感到自己被重重地抛在布满沙砾的岸上,这沙砾地躺上去就像玫瑰花铺就的床。他躺在那儿,几乎失去了知觉。奥尔瑞克和罗杰走上前去扶他站起来,北极熊站在他前面,仰着头看他。哈尔无力地朝它弯下腰去,握住北极熊的右脚。

"谢谢你,好伙伴。"孩子对熊说。

9

冰胡须

孩子们穿上衣服。这些哈士奇的任务完成得很好,雪橇上的东西虽然被水溅湿了不少,但没有什么重大损失。

哈尔的嗓音盖过了雷鸣般的河水:"想想看吧,冰冠上的河流!这样的河还有吗?"

"一共有6条。"奥尔瑞克说,"它们都是从南边流过来的。在那儿,落在冰上的厚厚的雪花迅速融化,迫不及待地要流入大海呢。哈尔,我想让你看看你刚刚是从什么东西那儿逃生的。"

"什么东西?"

"跟我来。"

奥尔瑞克领着他们拐了一个弯,映入眼帘的景象把哈尔吓得血都凉了——一道瀑布从30多米的高处倾泻而下,冲击着下面的岩石,发出另一种雷鸣声。

奥尔瑞克说:"要不是南努克及时赶到你身边,你已经在那些石头上摔成肉泥了。"

"好伙计,南努克。"哈尔说。

"我想,这儿是留下另一窖食物的好地方。"奥尔瑞克说,"我们可以记住这窖正好在瀑布上头。"

于是他们又一次把食物藏在沉重的大石头下面。

又往前走了近10千米后,他们又留下了另一个食物窖。"这

9 冰胡须

样,我们就有三个食物窖了。"奥尔瑞克说,"好啦,等我们的东西吃完了,我们肯定可以从这些食物窖里得到食物。"

即使是奥尔瑞克也会有错的时候,事情并不像他所想象的那么顺利。

天气变了。在冰冠上,这种变化经常是这样突如其来。太阳隐没在云后,起风了。这一回没有雪尘,但情况却更糟糕,是冰暴。

孩子们一直踏着碎冰行进。现在,风把一片片的碎冰刮起来,打在他们的脸上,刀割般疼痛。这些冰片甚至把衣服也撕开一道道裂口。风像野兽在嗥叫。狗让风吹得站不住脚,孩子们几乎透不过气儿来。天气严寒,孩子们却在冒汗,因为他们正竭尽全力与冰暴搏斗。自从踏上冰冠以来,哈尔就没刮过脸,他的两颊和下巴都长出了短短的胡子,满脸的汗水旋即结成了冰。哈尔试图抹掉脸上的冰,却没有成功。看见哥哥的怪模样,罗杰放声大笑。

"这就是你不刮脸带来的好处。"他说。

哈尔想回敬一句,但冰封的脸硬邦邦的,使他一句话也说不出来,他连嘴唇都冻在一起了。

他脱下一只手套,把手蒙在嘴上,想把冰焐化。可这办法行不通,因为他的手也冻僵了。

他曾听说用雪揉搓可以使手解冻,这个主意挺不错,唯一的问题是没有雪,到处飞舞着的只有锋利得像玻璃碎片似的冰块。它们像刀子似的割着他的脸,血渗出来,马上又结成冰,使他的模样更加狼狈。

罗杰学着奥尔瑞克的样子，用风雪大衣把脸裹紧。他虽然看不见路，但他把手按在雪橇尾部的横杆上。他相信，那些狗会一直朝着相同的方向前进的。罗杰事事模仿奥尔瑞克，一直没出什么问题。

不过，哈尔也有一点胜过他们。当一只小小的北极狐站在路旁，瞪着惊诧的眼睛看着这些从它身边经过的古怪东西时，他是唯一看见它的人。哈尔掬手拾起北极狐，迅速扔进雪橇上的一只板条箱里。

这很简单，但当他试图一把抓住一只狼獾时，他的运气就不那么好了。狼獾凶狠地咬了他一口，不过他那冻僵的手却感觉不到疼痛。最后，他终于抓住了狼獾，把它扔进另一只板条箱。

狼獾就像一团长牙齿的黑绒毛。它非常狡猾凶残，没有什么朋友。如果被人用圈套捉住，它会带着圈套逃脱。因纽特人对狼獾很迷信，认为它是不吉之兆。他们害怕它，因为它强壮有力。他们常常贴身穿一件狼獾皮，认为这样做就可以获得它的力量。

狼獾的大小与叭喇狗[①]差不多，模样有点儿像黑熊，只是小得多。人们相信，在全世界同样大小的动物当中，它最有力气。在北极，这种小恶棍的数目很大，一般住在冰底下的窝里。它能在其他动物都不会去觅食的地方找到食物，它吃松鼠、兔子、狐狸、松鸡和它所能逮到的鸟。

---

① 叭喇狗：一种颈粗性恶的狗。——译者注

9 冰胡须

在动物园,哈尔从来也没见过狼獾。如果能把这样一只稀有的动物卖给对它感兴趣的动物园主,爸爸准会很高兴的。

冻脸先生,这唯一能看见周围景物的人,又发现了极有意思的东西。他无法像对付北极狐或者狼獾那样速战速决,只能伸手勒住缰绳让狗停下来。

奥尔瑞克在风雪大衣里咕哝:"怎么啦?"

"交上好运了,"哈尔说,"四只熊崽儿。"

果然不错,四只小家伙紧紧挤在一块儿取暖,它们在飞旋肆虐的冰块中哀哀地呜咽。它们的妈妈倒在不远的冰上,尸体已冻得像石头一样。

雌北极熊一胎通常产两崽,但有的时候也会生产四胞胎——四只小北极熊。它们正是哈尔想要的,因为动物园对北极熊的需求量很大,而且小熊更好。任何动物园都宁愿要一只能活25年的小北极熊,而不愿要一只生命即将完结的大熊。

奥尔瑞克和罗杰把风雪大衣掀开一道小缝,刚好能看见冻脸先生把四只小孤儿逐只抱起来,轻轻放进属于它们自己的"屋子"里。刺骨的寒风呼啸着吹过板条箱,哈尔给小东西们盖上了一块驯鹿皮垫子。

隔壁箱子里的狼獾拼命挣扎,想要抓住这些小肉球,这是它爱吃的食物,不过,它没法把它们弄到手。

冰暴渐渐平息,帐篷又竖了起来。睡了一觉,他们又埋下一个新食物窖,以便返程时食用。哈尔的冰脸融化了,他这才恢复了人的模样,不再像一根冰柱子一般。

10

精灵之舞

那天,发生了一桩怪事。一团黑云遮住了太阳,但天空仍有光芒射下来。

这是一种很奇怪的光芒,带着缤纷的色彩:红、黄、绿、蓝、灰、紫。

"天啊,那到底是什么?"罗杰问。

奥尔瑞克说:"你看到的就是词典里叫作北极光的现象。不过,一些从来没读过词典的因纽特人把它想象成精灵在跳舞。"

"什么是精灵?"罗杰好奇地问。

"是一种并不存在的东西,就像鬼魂或者幽灵。很多人怕北极光,认为它预示着灾难将要降临到他们身上。"

"我们在纽约从没见过这种景象。"

"对,除了在北极圈的北部,别的地方你们不大可能看到这种奇景。"

多么奇妙的景象啊!到处都有五颜六色的光束在闪烁。光束忽儿上下跳跃,仿佛在舞蹈;忽儿起伏翻飞,像风中舞动的窗帘,变幻无穷。

有时,彩色的光束蜿蜒盘旋,有如金蛇起舞;有时,那些色彩斑斓的小精灵会围成一圈跳舞;有时,又传来一阵隐约可闻的口哨声。这一切都是那么神秘怪诞,罗杰不由得打了个冷战。

10 精灵之舞

奥尔瑞克说:"按古老的因纽特传说,脚底下的地球中心,那儿很舒适,一年到头都很暖和。天上天寒地冻,能降下把人冻僵的风暴。很多人类的灾难都来自天上,可怕的大风也是从那儿来的。雹暴也是天上降下来的,那些冰雹那么大,人们非得躲进屋里才能避开它。还有名叫雷的魔鬼和名叫闪电的魔鬼,都是从那儿来的。连太阳都不肯升到那儿去。要是你一生作恶,死后就会升上天去,被冻得硬邦邦的,永生永世都冻在那里。如果你一生行善,你就能下到地底下那美好、温暖、舒适的地方,永远过着温馨幸福的生活。"

哈尔真希望他有一部装了彩色胶卷的照相机,好拍一张这些天上的鬼魅狂舞的照片。不过,他并不把它们当作是鬼魅。他知道,这整个儿是电的杰作,除了极地,其他地方是很罕见的。有一次,他在长岛曾注意到一种白炽光,但那光并不含有红、蓝、绿等色彩,更没有这种"精灵之舞"。毕竟,要看到某些世界上最壮观的景象,你无论如何得到这种雪盖冰封的蛮荒之地来。

11

穿晚装的麝牛

"我想我们可以再往前走大约睡五觉的工夫，"奥尔瑞克说，"然后，我们就掉头回家。"

罗杰给弄糊涂了："睡五觉的工夫？我猜你是说五天吧。"

"嗯，我不好那样说。"奥尔瑞克说，"因为整个夏季我们只有一天。因纽特人不以天数计算时间，他们以睡觉的次数来计算。他们累了就睡觉，但那总是大白天。不到夏天结束，太阳绝不会落下去，所以整个夏季就是一天。但无论什么时候，只要我们干够了，我们就会支起帐篷睡觉。"

"那你为什么预算睡五觉呢？"

"因为到那时候，我们吃的东西就差不多该吃完了，剩下的东西刚好够回到我们藏下的最后一个食物窖的路上吃，那是我们的四号食物窖。那儿的食物刚够维持到三号食物窖，三号窖的食物够我们吃到二号窖，然后到一号窖。再以后，就到休丽城了。"

于是，在掉头回家之前，他们动身往前再走五"觉"。

"你的那只手怎么样了？"奥尔瑞克问哈尔。

"还是冻得硬邦邦的，"哈尔说，"一点儿也不痛。我知道，等它开始暖和起来时，就会痛得火烧火燎。我打算把它搁在睡袋外头冰冻着，好踏踏实实睡上一会儿。"

"它不能长时间冰冻着，"奥尔瑞克说，"那样会形成坏疽，

11 穿晚装的麝牛

你的这只手可就要被截肢了。"

这只手将不得不被砍掉,这可不是什么使人高兴的事儿。哈尔知道,必须用雪好好地将它揉搓一下,可是极目所及,除了冰还是冰。

奥尔瑞克看看天,"打起精神来,很快就会下雪了。"

在他们就寝前,真的下雪了,哈尔立刻为他的手施行雪疗。而他宁愿让手就那么冰冻着,因为那样它一点儿也不痛,而现在这一雪疗,他感受到了可怕的疼痛。

"好,"奥尔瑞克说,"这意味着血液循环恢复了,血开始往你的手里流了。"

"我真不明白,"哈尔说,"雪是冰冷的,可它却能使我的手暖和起来。"

"雪并不真像它看起来那么冷,"奥尔瑞克说,"动物喜欢让雪盖住它们,并深深地钻进雪堆里取暖。当我们的哈士奇叠作一堆歇息时,它们很愿意被雪埋起来。"

哈尔感到手指能动弹了,就中止了雪浴,立即把疼痛的手塞进他的驯鹿皮夹克里,让身体的热气把它焐暖。慢慢地,手不痛了,开始像只真正的手,而不再是一块冰疙瘩了。

他们又往前走了三"觉"工夫,遇上了一样宝贝。

"一只麝牛!"奥尔瑞克兴奋地大喊,"格陵兰岛以前有很多麝牛,可它们大都被捕杀了,所以现在它绝对是珍稀动物。我们交好运了!"

这只麝牛最令人惊奇的地方,是它那件浓密蓬松的毛皮大衣,长长的,几乎拖到地面。

"它让我想起妈妈。"罗杰说。

"你怎么可以这样议论自己的母亲?"哈尔抗议道。

罗杰解释:"每当妈妈外出参加晚会或音乐会,她总是穿一袭长长的晚装,一直拖到她的脚面上。"

奥尔瑞克哈哈大笑:"罗杰,能把这只野兽与你母亲相比,说明你很富有联想力。"

"可这些长毛都有什么用呢?"

"那可比女士们的晚装有用多了。"奥尔瑞克说,"甚至当气温降到大大低于零摄氏度时,它也能给麝牛保暖。麝牛实际上有两件大衣——就是厚厚的两层毛,而在这两层毛里面还有一件轻柔的内衣,那是一层漂亮的比开司米还要柔软的毛。这件长晚装还有一样好处,那就是麝牛生了小麝牛后,可以把幼崽藏在那厚厚的毛帘子后面。"

哈尔用力嗅嗅空气。"一股什么怪味?"他问,"既不是什么好闻的气味,但也不难闻。这是什么?"

"麝香,"奥尔瑞克说,"这位女士不仅穿着晚装,还洒了香水。"

"不过,"哈尔说,"这气味并不很像香水。"

"也许不像,"奥尔瑞克说,"但香水制造商们可少不了它,几乎每一瓶香水里都有一点儿麝香。"

"他们就是从麝牛身上取麝香吗?"

"不仅仅是麝牛,另外还有一些动物也会分泌麝香,比如香猫、麝鼠、水獭,还有麝鹿。"

麝牛一点儿逃走的意思都没有,相反,它似乎随时都会向前

11 穿晚裝的麝牛

冲。它仰着那颗巨头向周围看，威胁地低声咕哝着，一对尖利的弯角危险地朝下顶。

"这位女士那么温文尔雅，我敢肯定她不会攻击我们的。"罗杰说。

"别太肯定。"奥尔瑞克说，"碰巧这位女士不是一位女士，这是一只公麝牛。它最喜欢的莫过于打架，而且用不了几分钟，它就会使我们全都丧命。"

公麝牛正恼怒地用爪子在地上乱抓。

哈尔可不想坐等这250千克重的野兽把他踩扁。他从雪橇上抽出麻醉枪，朝麝牛颈部射了一枪。一枪麻醉药量并不足以使巨兽睡觉，但至少可以使它镇静下来。公麝牛转过身，开始慢步踱去。哈尔的套索这时呼啸着飞出，圈套落在麝牛硕大的头上，正好套在牛角的后面。哈尔把绳头系在雪橇上，奥尔瑞克啪地朝狗挥响了鞭子。10只哈士奇一齐开始拉，半睡眠中的麝牛跌跌撞撞地跟在后面。

过了五"觉"后，他们就掉转头回家去。

他们又逮了一样好东西——一只迷途的驯鹿。这是一只北极驯鹿，跟拉普兰地区①的驯鹿大不一样。它没有咬他们，很容易就被逮住了。这只驯鹿漂亮优雅，它不像麝牛，没有那拖到地上的毛帘子。它的体形匀称，双角非常漂亮。这是一只雄鹿，雌鹿也有角，不过没那么大。

---

① 拉普兰地区：挪威、瑞典、芬兰和苏联各国北部拉普人居住的地区。——译者注

11 穿晚装的麝牛

"人们通常根据角杈的数量判断鹿角的品质。"奥尔瑞克说,"我仔细数过,这只鹿那对造型美丽的角上足有 60 个角杈。"

"驯鹿有敌人吗?"罗杰问。

"它不喜欢狼,"奥尔瑞克回答,"但它的死敌是渡鸦。"

"渡鸦怎么能伤害这么大一只驯鹿?"

"渡鸦会突然猛扑下来,叼去驯鹿的眼睛。"

"你说过,生长在冰冠上的动物以吃其他动物为生,"罗杰说,"但我不相信麝牛和驯鹿会吃别的动物。那么,在冰冠上它们靠什么为生呢?"

"它们用蹄子扒开岩石上的雪,吃生长在石头上的地衣。"

像那只麝牛一样,驯鹿被一根与雪橇相连的长绳子缚着,跟在雪橇后面走。

咔嚓,咔嚓,咔嚓,它走着。

"那些咔嚓咔嚓的声音是怎么回事?"罗杰问。

奥尔瑞克回答:"这是驯鹿脚里的骨头互相摩擦发出的响声,所有听到这种声音的小动物都会让开。我不知道世界上还有别的什么动物会像它那样,边走边发出咔嚓咔嚓的声音。驯鹿的脚的确与众不同,那脚平平的,大得像薄饼。"

"说到薄饼,我可是饿了。"罗杰说。

"我们的食物都吃光了,"奥尔瑞克说,"不过,不用等太久,只要走到食物窖,我们就有吃的了。"

12

饿肚子真不好受

最后一"觉"起来后,没早饭吃,午饭也不会有。不过,几个钟头以后,他们就能到达食物窖了。

因为已经踏上了回家的路,狗跑得比来时快了一倍。但对于饥肠辘辘的孩子们来说,这还不够快。这时,罗杰想出了一个主意。

"在拉普兰,驯鹿不是也拉雪橇吗?"

"我也听说是的。"哈尔说。

"那么,我们也有一只驯鹿,干吗要让别人拉它,而不让它拉雪橇呢?"

奥尔瑞克说:"我早该想到这个。哈尔,你这个小弟弟真聪明。"

他勒住狗队。在加拿大,哈士奇总是两只两只套在一起,整套雪橇窄窄的,以便在树木之间穿行。而冰冠上没有树木,拉雪橇的狗就分散成扇形。每只狗都能看到正前方,而不会只看到前面那条狗的臀部。

他们把驯鹿拉到前面,安排在扇形中间,5只狗排在它的左边,另5只狗排在右边。

然后,奥尔瑞克"啪"地挥响鞭子,驯鹿和狗就一阵风似的飞奔起来。孩子们跑不了这么快,就都爬上了雪橇。

12 饿肚子真不好受

这一点儿也没有使飞驰的雪橇慢下来。驯鹿矫健敏捷,它的力气几乎抵得上10只狗加在一块儿。

风撩起麝牛身体两边的毛皮帘子,使它们在空中飞舞。尽管这样,麝牛仍然能跟上大家。

至于那只四五百千克重的巨熊,它笨重的身体本来可以作为行动迟缓的借口,但它的行动却并不慢。它一辈子都在迫不得已地奔跑,因为它得找吃的。现在,尽管它会不时停下来吃一只旅鼠,或者逮一只北极野兔,但它很快就能再赶上来,在风驰电掣的雪橇旁边奔跑。

所以,他们顺理成章地比预料的时间早得多就看见了食物窖。真是太好了,孩子们欢呼,哈士奇大叫,他们马上就可以喂饱饿得生疼的肚子了。

当他们走近食物窖时,奥尔瑞克的心一沉。他放在食物上的石块被弄乱了,有动物或者有人曾在那儿胡闹,把食物窖弄得一片狼藉。

他在食物窖旁勒住雪橇。

食物窖空空如也。

一小片食物也没剩下。

"瞧,"哈尔说,"那不是熊的脚印吗?"

"就是熊的脚印。"奥尔瑞克说,"它朝那边去了。"

南努克用力嗅着那些熊迹,然后顺着熊迹走去,在一块巨冰后面,它找到了那只小偷。

一场激战立刻开始。那只熊像南努克一样大,但它肚里装满了食物,所以反应迟钝。南努克猛扑上去,撕开它的皮,咬掉它的尾巴,把它的鼻子咬得鲜血直流。

即使这样,食物还是夺不回来了。罗杰喊了几声南努克,他的巨型宠物马上就回来了,那一只熊趁势跌跌撞撞地逃走了。它得吃一堑长一智,下回再抢劫食物窖,可得三思而后行。

奥尔瑞克也像大伙儿一样饥肠辘辘,但他尽量显得高高兴兴的。

"没关系,"他说,"我们期待着到下一个食物窖时,运气会好一点儿。"

但是,等他们到了那里却看到到处都是狼的脚印。显然,一群狼来过了。不过,石块还竖在那儿,所以,食物必定还在石块下面。

接着,奥尔瑞克发现下面有一块石头被拖走了,就这一块石头,空出的那个洞已经足够一只狼钻过去。狼群就这样一只一只轮流地钻进去,盗走了他们的晚餐。

他推开所有石块,发现全部给养都已无影无踪。

哈尔和罗杰本来可以大发雷霆,责备奥尔瑞克没有把食物窖垒得牢固一些,但他们没有这样做。他们知道奥尔瑞克已经尽了他的力量,而且他现在正和他们一样,又饿又不开心。

"对不起。"奥尔瑞克说。

"不怪你。"哈尔说。

什么东西也没吃上,他们比平常更疲乏消沉,只好竖起帐篷,空着肚子钻进睡袋。

动物们比人要好一点儿。狗、麝牛和驯鹿都会扒开雪吃长在石头上的地衣。

12 饿肚子真不好受

罗杰听到它们的抓挠声和咀嚼声,便跑出去看它们在干什么。

地衣!它们都在吃地衣。看它们吃的那香甜劲儿,罗杰觉得地衣肯定好吃。

他刮了一点儿地衣放进嘴里。苦的。他勇敢地把它咽下去,没料到他的胃愤慨地把它翻上来。胃宁可空着,也不愿意消化这样粗糙的饲料。

罗杰打算跟哥哥和奥尔瑞克开一个玩笑。一觉醒来,他说:"我们用不着再挨饿了,我们的周围都是美味的食品。"

"你这是什么意思?"哈尔问道。

"地衣呀,石头上到处都长着地衣。你们一定爱吃,快尝尝吧。"

哈尔实在是太饿了,什么都愿意尝一尝。可刚尝一口,他的脸就苦得扭曲了。他把地衣咽下去,它又翻上来。

哈尔瞥了一眼罗杰,说道:"你这个坏小子。我要不是饿得浑身发软,非狠揍你一顿,直到揍得你站不起来。"

"幸亏你饿软了。"罗杰说。

等他们来到瀑布上面的食物窖时,坏运气没准儿会变好。然而,石头之间有一个刚好够一只北极狐钻过的缝。北极狐来的时候脚印很浅,但等它饱餐一顿之后再走回去,就留下了深深的脚印。

现在,他们得渡霹雳河了。驯鹿已经被从雪橇上解下来。罗杰说他要骑驯鹿过河。

"你们俩都会沉下去,"奥尔瑞克说,"你,还有驯鹿。"

但罗杰记得他读过有关驯鹿的资料。驯鹿的每根毛都是中空的，里面充满空气。这也就是说，即使它想沉下水也没法沉下去，它的身子会高高地浮在水面上。这样，罗杰骑着它过河身上就不会湿了。

哈尔和奥尔瑞克把衣服放在防水的帐篷里包好。奥尔瑞克赶着狗和雪橇过河，哈尔则泅水过去。

系着麝牛的绳子断了。麝牛穿着沉重的"晚礼服"，被水卷着冲向瀑布。只要一过瀑布，它就会撞在岩石上摔死。

游泳健将南努克牢牢抓住漂荡着的"长裙"的一角，顶着强大的水流往彼岸游去。麝牛糊里糊涂地爬上沙滩，河水从它那浓厚的毛皮上倾泻下来，形成了一个麝牛瀑布。

对于一连好几"觉"不吃东西，狗们早已习惯，但孩子们到睡觉时已是真正的筋疲力尽了。

他们躺在雪橇上，觉得自己像死了一样。最后一个食物窖到了，这回倒没有发现野兽的踪迹，但却看到了人类的沉重的靴印。食物窖是空的。

有人盗走了食物。怎么会有人这样卑鄙？不管他是谁，只要挨饿的孩子中有一个死掉，那他就得被指控犯有谋杀罪。

除了一张小纸片，食物窖里什么也没有剩下。哈尔捡起纸片一看，那是泽波的照片。泽波有一个习惯，身边总随时带着一沓照片，逢人就递上一张。他粗心地把这一张掉在了这儿。

孩子们继续往前走，一到休丽城，他们就直奔餐馆而去。

"别吃多了，"哈尔警告道，"我们的胃还不习惯吃东西。我们只能吃很少的一点儿，否则胃就会把食物翻上来。过一两个钟

12 饿肚子真不好受

头,我们可以再吃一点儿。再过一个钟头,再吃一点儿。别着急,要不然会生病的。"

他们真想在餐馆里狼吞虎咽,见到什么就吃什么。但他们听从了哈尔的劝告,悠着来,只吃了一点点。然后包了一些吃的留着待会儿吃。

离开餐馆,他们到机场去把捕获的动物装上篷车。雪白的北极狐、乌黑的狼獾、四只小北极熊、硕大的麝牛、漂亮的北极驯鹿——收获还真不小。机场的工作人员把篷车滑上运输机的货舱里。哈尔又给爸爸打了一份电报,让他接收空运去的动物。

直到做完这些事,他们才想到该给自己弄个窝。他们回到他们伊格庐的废墟上,开始动手垒一座新的伊格庐。

泽波溜达过来,不是来帮忙,而是来看热闹。

"你干吗要那样干?"哈尔问他。

"那样干什么?"泽波一副清白无辜的样子。

"把那个食物窖里的东西偷得一点儿也不剩。"

"你的神经不正常,"泽波回答,"什么食物窖,我一点儿也不知道。"

"噢,你不知道?那么,这张照片是怎么回事?"他掏出泽波的照片。

"怎么了?那照片怎么啦?"泽波说,"那是我的照片,挺漂亮,不是吗?"

"是的,挺漂亮。"哈尔说,"这是一个贼兼杀人犯的照片,我是在那个食物窖里捡到的。你犯了蓄意谋杀罪,应该被捕。不过,我们只打算痛打你一顿屁股。"

"打我屁股?"泽波尖声叫道,"你们以为我是个小宝宝吗?"

"我们正是这样想的。动手啊,小伙子们!"

于是,哈尔、罗杰和奥尔瑞克三个一起冲上去抓住泽波,把他放倒在一堆雪上趴着,狠狠揍了他一顿。只要他活着,就忘不了这一顿痛打。

13 吃自己脚的人

一群因纽特人围拢过来看泽波挨揍,其中一个问道:"他干什么了?"

"企图谋害我们,"哈尔说,"从我们的食物窖里把吃的东西全部偷走了。"

"该抓他去坐牢。"

"他太不懂事儿。"哈尔说。

"这儿不管用?"一个人拍着他的脑袋问。

哈尔点点头。他注意到,刚才说话的那位因纽特人拄着拐杖,一只脚没有了。

"你的脚怎么了?"

"我吃掉了。"

"你开玩笑吧。"哈尔说。

"不是玩笑。"那位因纽特人回答。他是一个漂亮小伙子,体格健壮,比他同族的许多人都高大。"你知道那地方有多糟糕——我是说那冰冠上头。好多天,我一丁点儿东西也吃不着。我的右脚冻僵了,硬得像冰块,一点儿感觉也没有。我又没法儿用雪给它按摩——风把雪全吹光了。如果我不采取措施,坏疽就会朝我的腿上蔓延,最后要了我的命。所以,我举起雪刀把我的脚剁掉了。"

"那不是很痛吗?"

"我一点儿也感觉不到痛。我只知道,如果我不弄点儿东西吃就会死掉,所以我吃掉了我的脚。"

"这不能怪你,"哈尔说,"我的手也冻住过,要不是当时有雪把它搓暖,我也会像你那样干的。顺便问一句,你的英语是在哪儿学的?"

"在学校里。在那儿,我们学丹麦语和英语。"

"那么,因纽特语呢?"

"我们从父母那儿学。"

"这么说,你们会讲三种语言!"哈尔说,"你们比我可强多了,我只会讲一种话。"

"你叫什么名字?"哈尔问,他忘了因纽特人绝不会说出自己的名字来。站在旁边的一个人说:"他叫艾拉姆。"

哈尔跟艾拉姆握握手,问道:"你现在干什么呢?"

艾拉姆说:"我在自己以前上学的那所学校教书。我很幸运,薪水可观,家里人都很有钱,我缺的只是一只脚。"

有一件事是这位拄拐杖的人干不了的——他不能帮忙垒伊格庐。在说话的同时,哈尔一直在干活。有罗杰、奥尔瑞克和其他一些因纽特人帮忙,新的冰雪之家不久就落成了。

"艾拉姆,你是我们的第一位客人,请到我们的宫殿里坐坐吧。"

罗杰跟他们一块儿进了屋。奥尔瑞克说:"对不起,我可得告退了,我得把狗送回家里喂它们。"

哈尔、罗杰,还有艾拉姆在地上铺的双层加厚驯鹿皮上坐下

13 吃自己脚的人

来。经过与世隔绝的冰雪之旅,经历了种种危险和痛苦挣扎之后,能在暖和的伊格庐里坐下来是多么美好啊!

"很多人都在那上头饿死了。"艾拉姆说。

哈尔说:"地衣是唯一的食物,可我们没法把它咽下去。"

"我认识一个人,"艾拉姆说,"他把自己的裤子吃掉了,那裤子是驯鹿皮做的。另外一个人吃掉了自己的海豹皮手套。还有两个人被迫吃掉了他们的狗。有一个人吃掉了睡袋。另一班人吃掉了包雪橇滑动装置的海象皮。有个人在吃掉自己的靴子之后,光着脚在冰上行走直到双脚冻成冰。有两个人在狗身上捉虱子和跳蚤吃。一个人吃身上穿着的用兽皮做的衣服。还有个人一连七天靠吃那些我们叫作旅鼠的小动物,加上皮带和骨头,居然活下来了。"

"人怎么能吃骨头?"哈尔问。

"有机会你该尝一尝,"艾拉姆说,"只要你的牙齿受得了就不怕。骨头里面有骨髓,那可是好东西呢。如果用牙咬不开,你可以把骨头夹在石头中间压开。"

"我吃过两只老鼠,"哈尔说,"不过我不喜欢它们,我想它们也不会喜欢我。"

"你们算是走运的,"艾拉姆说,"你们的狗没有互相吞噬。"

"它们还不至于饿成那样,"哈尔说,"因为我们把一张海象皮割成很小的碎片,它们不用咀嚼就吞咽下去了。我听说,海象皮会留在它们胃里好几天才被消化掉,所以我们的狗比我们好过一点儿。"

"你们要是把狗吃掉,"艾拉姆说,"很可能会染上一种旋毛虫病,那种病会要了你们的命。"

"那是我们最不愿意干的一件事——吃我们的宝贝哈士奇狗。"哈尔说。

艾拉姆说:"另一样可能致命的东西是汗。因为不停地奔跑,你们一定会出汗,汗又结成冰,你全身就裹在冰里,像穿了一套盔甲。开头你会觉得很痛苦,后来痛苦就变成了舒适,你昏昏欲睡,血液循环慢下来,然后就会死去。"

哈尔问:"艾拉姆,你说冰冠上头最危险的是什么?是熊?是狼?还是别的什么?"

"都不是,"艾拉姆说,"最危险的是人。许多罪行都发生在冰冠上,那上面没有警察。那个叫作泽波的家伙就差点儿干掉你们。"

哈尔哈哈大笑:"啊,他可没有干成,他的屁股现在还痛呢。我敢打赌,为了曾经企图谋害我们,他正后悔不已呢。好了,我来请你们吃点儿比老鼠、虱子或者旧皮靴好一点点的东西吧。"

他从小炉子上拿下来一只锅,在每只碗里盛满他们在休丽餐馆买来的那种美味浓汤。

在温馨的伊格庐里,他们无拘无束地休息着。哈尔禁不住喃喃唱道:"家啊,可爱的家。"

恶鬼满天飞

艾拉姆带哈尔和罗杰去见他的双亲。

"他们人非常好,"他说,"不过,你不要介意他们那些老古板的思想。他们从没上过学,一直住在格陵兰岛的最北边,那儿的人上千年来就没改变过生活方式。"

哈尔和罗杰跟他一起到机场去,艾拉姆在那儿有一架飞机。上了飞机,他们飞越休丽,朝北极海岸飞去。

在这里,世界的最北端,伊格庐建得要好一些。往南的地区,伊格庐的建筑艺术渐渐衰落了,因为那里的很多因纽特人都住石头屋或草皮屋。

艾拉姆把他们带到一座建得很漂亮的伊格庐前。这座伊格庐有一扇很大的用透明薄冰做的窗户。

艾拉姆的父母热情地接待了孩子们。他们不会讲英语,由艾拉姆把他们说的一切都翻译出来。

"老头子很高兴你们来看他,父亲说。"

罗杰感到莫名其妙,他问艾拉姆:"他说的老头子是谁?"

"是他自己。"艾拉姆说,"因纽特人很谦虚,他们认为说'我'呀'我'的是很粗鲁的,所以他们说到自己时就像在说别人似的。"

母亲开口了,她的嗓音低沉甜美。

"我母亲，"艾拉姆说，"想让你们知道，你们大老远地来看望不值得你们挂心的人，老太太很惊喜。她问你们要不要来点儿海兽脂。说要。"

哈尔微笑着点点头："告诉她，她的客人很高兴来点儿新鲜海兽脂。"

罗杰抗议了："嘿，你要给咱们惹什么麻烦吗？海兽脂是这儿的动物用来御寒的皮下脂肪。谁要吃一大块油腻腻的臭油呀！"

"你要，鲁莽的小子。"哈尔说，"要讲礼貌，要不，我们就把你踢出去。快，笑着鞠个躬。"

罗杰微笑着鞠了一躬，可他做得不怎么好。他接过海兽脂后，以最快的速度把这块油腻腻的东西咽下去，在腻得作呕时尽量不皱起鼻子。

艾拉姆的母亲高兴了，温柔地说："能有一个像这样的儿子，不中用的老太太会感到自豪的。你已经是半个因纽特人了。"

父亲说："老头子想，你们离开你们那个热得连走雪橇的雪都没有的国家，一定很高兴吧？"

罗杰想说："胡说八道！"但哈尔却答道："是的，在纽约，整个夏天连一丁点儿雪都没有。天气很热，我们只得打开我们叫作'空调'的玩意儿，使屋里凉快起来。"

两位老人悲哀地摇着头。老爸说："老头子认为，能来到这儿是你们的运气。在你们的国家，你们甚至连北极都没有。"

哈尔说："我听说因纽特人从不惩罚孩子。你们是怎样教导他们听话的呢？有时你们肯定会打他们一顿屁股吧？"

老人对艾拉姆说："你屁股挨过打吗？"

14 恶鬼满天飞

"从来没有,"艾拉姆说,"也许我本该挨过。"

"不,"因纽特老人说,"打孩子只会把一个邪恶的精灵放进他的身体里。空气中到处是邪恶的精灵,随时会附到我们的身上。"

艾拉姆笑了:"因纽特人相信每一个死去的人都会变成一个鬼,鬼总要对活着的人做些卑鄙、讨厌的事。一个人病了,那就是一个恶鬼把他弄病的。人们就是那样想的。这儿没有医生,只有巫医。他出售五花八门的东西,说那些东西能避邪。也许,他们肯让你们看看那些东西。"

他对父母说了几句,他们马上动手把从巫医那儿买来的东西全摆了出来。他们管巫医叫沙曼——沙曼坚持说这些东西能避邪驱魔。这些五花八门的东西把两个孩子看得眼花缭乱。

海豹眼睛是用来挡住恶鬼的眼睛的。

一张兔皮能抵御冻伤。

熊掌能避开叫作闪电的邪魔。

貂尾能驱赶在可怕的风暴中到处游荡的邪恶幽灵。

一颗驯鹿牙齿可以免除饥饿。(哈尔心想:"我们断了粮的时候,真该有这么一颗呢。")

狼獾的爪子可以防止人发疯。

有了一颗狐狸头,那么就谁也不能捉弄欺骗你。

有了一只鹿耳朵,你的听觉就特别灵敏。

旅鼠的皮可以防病。

还有许多许多。

只要有了所有这些驱邪挡魔的东西,那些原本在伊格庐里到处作祟的鬼怪肯定没有机会害人了。

难怪沙曼那么有钱,他们是靠把这些不值钱的东西用高价卖给别人富起来的。而人们又那么信任他们,相信他们说的每句话都是真的。

"每个月,在月圆的晚上,"老人说,"沙曼就上月亮里去见那个人,那人会告诉他下一步该干什么。"

老妈妈盛了一大锅吃的,她说:"老太太要把这些东西送到隔壁去,他们没吃的了。"说完就出去了。不一会儿,就见她拿着空锅回来了。

纽约来的两个孩子什么时候见过有人把这么丰盛的晚餐给邻居送去?

从来没有。

不管这些人如何无知,他们的心却真诚善良。

不把孩子们喂得饱饱的,他们是不会让孩子们去睡觉的。

每个孩子的盘里都分到了肉。肉很粗,而且已经腐败,发出一股臭味儿。

老妈妈说:"这肉我们留了很久了,现在它好了,可以吃了。有些白人要煮过才吃,那可把肉糟蹋了。老太太希望你们喜欢吃它。"

罗杰差点儿把胃里的海兽脂翻出来,腐肉的臭气使他想捏住鼻子。他的手已经抬起来了,但哈尔及时地抓住了它。

"不会把你吃死的。"他说,"吃了它,做出爱吃的样子。"

"我打赌你不打算把你自己的那份吃下去。"

"看我的。"哈尔说。

14 恶鬼满天飞

他往嘴里塞了一大块肉,脸上随之露出极端难受的神情。他猛然打了个喷嚏,把那口鲜美的肉喷了出来,弄得驯鹿皮地板上到处都是。老太太马上把地收拾干净,把肉放回哈尔的盘子里。

罗杰捧腹大笑,直笑得肚子疼得要破为止。

哈尔开口道歉。"没什么。"老太太说。艾拉姆解释道:"你只不过是吃不惯。人家请我吃煮熟的肉时,我也是这样。"

哈尔和罗杰把肉强咽下去。肉没翻上来,孩子们为此感到很得意。

这时进来一个年轻人。看样子,他很不快活。

"发生了可怕的事,我老婆生孩子了。"

"这有什么可怕的?"艾拉姆的母亲说。

"不是,可怕的是这样的——那孩子没有牙齿。那是我们的第一个孩子。没有牙,他怎么吃东西呀?"

"你妻子会给他喂奶的。"艾拉姆的母亲说。

"他长大了没有牙齿,那不是很糟糕吗?我想,我们应该把他扔到海里,也许我们的下一个孩子会有牙齿。"

他正要出去,艾拉姆的父亲突然把他叫回来。

"我想你是不懂,"他说,"瞧艾拉姆,他以前也没有牙齿。"

"没有牙齿?他还活着,真奇怪。没有牙齿,他是怎么活过来的?"

"他现在有牙齿了。让他看看你的牙齿,儿子。"

艾拉姆露出他的牙齿。

"他的牙是怎么弄来的?"忧心忡忡的年轻父亲说,"有的人把驯鹿的牙齿放进嘴里。"

77

"他那些牙可不是从驯鹿那儿得来的。他生下来的时候也没有牙,但后来,牙齿就长出来了。"

"那不合情理,你只不过想要安慰我。我们的孩子他生下来有手,有鼻子,有耳朵,有腿,还有10个脚趾。他什么都有,就是没有牙齿。真糟透了——你可不能对我说那样挺好。我想,我还是要把那小鬼扔掉。"

"你可不能干那样的事,"艾拉姆的母亲说,"耐心点儿。那儿本来就有牙齿,只不过还没长出来罢了,给它们一点儿时间。现在,你该关心的是你妻子,不是孩子。走,我过去看看她怎么样了。"

她望着哈尔和罗杰,"对不起。也许,你们还会再来的。"说着,她就出去了。

15 飞往北极

哈尔透过那扇冰窗朝北冰洋望去。

"想想看吧,"他说,"北极就在那边。"

"我看不见。"罗杰说。

"我也看不见,离这儿700多千米呢。探险家皮里和亨森乘狗拉雪橇跨越过这700多千米,他们花了多年的工夫,直到1909年才到达目的地。他们是最早到达北极的人。"

"现在,你只要花两个钟头就到那里了。"艾拉姆说。

"你说着玩儿吧,"哈尔说,"没有一种狗能在两小时内跑700多千米。况且,那片海域被流冰分割得支离破碎,在大块的浮冰之间还隔着宽阔的海域。"

"浮冰?"好打破砂锅问到底的罗杰问,"浮冰指什么?"

"它们就在你的眼皮底下,"哈尔说,"漂在海面上的冰块就是浮冰。"

罗杰看见一块平得像木筏一样的浮冰,有3米多宽,"它们都像这块一样吗?"

"有些小一点儿,有些就大多了。我听说,有一片浮冰的面积相当于一个康涅狄格州①。"

---

① 康涅狄格州:美国州名。——译者注

"噢哟!"罗杰惊叹道,"北极就在那儿,而我们却到不了。"

"你们到得了,"艾拉姆说,"我领你们去。"

"你开玩笑。"哈尔说。

"不,我不是开玩笑。扣好你们的大衣,跟我来。下一站,北极。"

哈尔和罗杰跟着艾拉姆来到外面他的飞机那儿,他们登上飞机,心里对艾拉姆答应他们的事将信将疑。

他们起飞了,飞过那些浮冰,还有浮冰之间没有冰封的水道。他们用不着为那些曾经使皮里和亨森的北极之行变得如此艰辛的狗和雪橇操心。

两小时后,他们在一片极其宽阔的冰域上降落。

"先生们,请让我给你们介绍一下,这里就是北极。"艾拉姆说。

"可这儿什么也没有哇。"罗杰步出机舱时说。

"永远也不会有。"艾拉姆说,"因为这片冰下没有陆地——除了4000多米深的水以外,什么也没有。你们现在站着的地方只不过是一片巨大的浮冰,像所有其他浮冰一样,它也是漂浮的。"

"但是,"哈尔说,"据我所知,皮里和亨森曾在这儿竖起过一根标杆和一面旗,以证明他们到达了极点。"

"对,"艾拉姆说,"但他们插标杆和旗子的那片浮冰已经漂走了,另一片浮冰取而代之。然后,另一片,又另一片。浮冰永远在漂动,风吹着它们走,水流也会带走它们。我猜,自从皮里和亨森到达这儿起,70年来,已经有成千上万的浮冰漂过这儿了。"

"这么说,从皮里和亨森那时候起,谁也没到过这儿了?"

15 飞往北极

"哦,有,另一些人曾经试过。他们怎么也接受不了这样一个事实:没有一样东西能留在北极。俄国人曾在这儿建了个气象观测站,可它漂走了。另一个探险队带来了10吨建筑材料,在这儿建起一个考察站,可等他们再来这里时,考察站不见了。"

"可是,在南极也有考察站,它们可没漂走。"哈尔说。

"它们动不了,"艾拉姆说,"因为它们下面是陆地,而这儿却只有水。"

"不管怎么说,"罗杰说,"能来到这世间万物的最高点真是妙极了。你再也不能往北走了。"

"对,"艾拉姆说,"这是北的终极,这儿也没有东或者西。"

"你怎么证明这一点?"

"嗯,只要稍微动动脑筋。在这儿,除了南以外,别的方向都没有了。格陵兰岛在它的南面,对不?加拿大在南面,阿拉斯加在南边,挪威在南边,大不列颠也在南面,然后又转回格陵兰岛——不管到哪儿,我们都得朝南走,不管我们转向哪面,我们都朝着南面。"

一架大飞机从头顶轰隆飞过,它没停下来。"它上哪儿去?"罗杰想知道。

"那是一架日本飞机,"艾拉姆说,"正从格陵兰岛往日本飞。我们的贸易站从日本购买很多货物。"

"它为什么要飞过北极?"

"因为那是最短的航线。如果绕着地球飞往日本,航程会长一倍。"

"我很难想象,"哈尔说,"我得看看地图。"

哈尔罗杰历险记 北极探险

"地图帮不了你,"艾拉姆说,"它是平的,而地球是圆的,像一个球体。到我们学校去一趟吧,那儿有地球仪。你可以量一量距离,看看是飞越北极好,还是绕着地球飞好。"

"这么说,北极上空交通还挺繁忙的喽?"

"每天都有好几十架飞机飞过,"艾拉姆大笑,"跟英国的舰队街①一样繁忙,而且不只飞机走这条路线。自从1958年'虹鱼号'潜艇从北极下面驶过以来,每年都有许多潜艇这样做。这儿水深超过3000多米,潜水艇在冰下有广阔的空间,可以全速前进。除了会碰上一两条鱼以外,用不着担心会与任何别的东西相撞。"

"也许是,除了会碰上一两条鲸吧。"哈尔哈哈大笑。

"鲸不会到这么北的地方来。"艾拉姆说。

海浪把别的浮冰猛地冲过来,撞在他们那块浮冰上,发出猛烈的碰撞声。

"我想我们最好还是走吧,"艾拉姆说,"趁这块浮冰还没有在我们脚下碎裂。"

他载着哈尔和罗杰飞回他们的伊格庐去。第二天,哈尔参观了艾拉姆的学校,仔细研究了地球仪。艾拉姆说得对,穿过北极是到许多块陆地去的最短路线。

北极不再是一个神秘的地方。在争取到达北极的艰辛历程中,许多探险家献出了生命。感谢艾拉姆,哈尔和罗杰兄弟俩轻而易举地到达了皮里和亨森曾站立过的地方——那世界的绝顶。

---

① 舰队街:由河名"The Fleet"而来,以报馆集中著称于世,又是伦敦报业或新闻界的代称。——译者注

海象说……

"时候到了,"海象说,
"很多东西都要讨论:
鞋子——船——火漆——
白菜——还有皇帝——
海洋为什么汹涌沸腾?
猪有没有翅膀?"

关于海象,路易斯·卡莱尔就是这样写的。

因纽特人管海象叫"海马"。

这么一来,海洋里就有了两种海马。一种是我们所说的海象,另一种是那些身长只有六七厘米,老是用后腿站立着的小东西,它们的头看上去确实酷似马头。

因纽特人还管海象叫作"浮冰块上的老头儿"。

海象蹲在浮冰块上的样子也确实像个老头儿。它那将近1米长的象牙直垂下来,远远望去,那白白的长牙就像是长长的白胡子。

约翰·亨特要两个儿子捕一只海象,要捕到海象必须用凯亚克。

"凯亚克是什么?"罗杰问哥哥。

大哥见多识广，但他却从没坐过凯亚克。

"是一种独木舟。"哈尔说，"在以往的探险中，我们曾多次驾独木舟航行。但凯亚克跟那些独木舟不一样，它不是用木头造的——格陵兰岛很难找到木材——它是用海豹皮制成的。"

"海豹皮怎么成？难道海象不会用它的长牙把凯亚克戳穿吗？"

"你猜对了，但我们不得不冒这个险。如果真发生那样的事，我跟你就海底见了。"

他们租了两只凯亚克。船主教两个孩子怎样使用它们。"一只凯亚克只能坐一个人。留神，整个凯亚克的上面都被封起来，只留一个座洞让人坐进去。"

"这跟独木舟一样。"罗杰说。

"这比独木舟好多了。独木舟要是翻了船，你要不会水就会被淹死。一只凯亚克翻了，你只要轻轻一掀，它就能翻转过来，你身上甚至一点儿也不会湿。"

"怎么回事？怎么船翻了身上却不湿？"

"你穿上这件海豹皮大衣，水绝对湿不透它。帽子也是防水的。大衣领子紧贴着脖子，袖子也是密封的。最妙的是凯亚克上面人的座洞周围是一个圆圈，海豹皮大衣刚好塞进这个圆圈里。这样，即使凯亚克翻个底儿朝天，也不会有一滴水漏进船里。"

"太妙了，"哈尔折服了，"不过，船翻了以后，怎么才能翻正过来呢？"

"你一定要紧紧抓住你的桨。用桨划一下，你就翻上来了。"

"太好了，"罗杰说，"我都等不及了，真想马上就试一试。"

16 海象说……

弟弟这么心急，会出什么事的。哈尔十分担心。

"慢慢来，"他说，"看着我。我会尽量按正确的方法干，你学着我的样子。"

凯亚克只有3米多长，比他们飞越瀑布急流时用过的那些独木舟轻多了。他们把凯亚克顶在头上走到水边，把它们放下水。然后，小心翼翼地跨进去，把海豹皮大衣的下摆紧紧塞进座洞周围的圆圈里，以保证一滴水也不漏进凯亚克。

一切就绪，他们划起桨，出发去寻找"浮冰块上的老头儿"。

通常，猎海象的人都带着特制的渔叉，因为他们的目的是要捕杀海象。但这小兄弟俩的任务更艰巨。一头死海象对他们的父亲是没有用的，他们得活捉它。所以，他们只是每人带了一副套索。

那位因纽特船主站在岸上，目送兄弟俩远去。他们这是去捕猎一头1300多千克重的海象，可除了两根绳子，他们什么也没带。

"他们活像小孩子，"他想，"我们因纽特人比这些从炎热国度来的小孩子聪明多了。"

然而，这两个"从炎热国度来的小孩子"却认为，他们比这个北极地区的无知的大人强得多。谁想得对？这很难说。

对于这次冒险，哈尔是没把握的。用一根绳子去逮海象，就好比试图用丝线去逮大象一样。

要找到海象倒很容易。前面就有好几十只海象，每块浮冰上都蹲着一只，它们都在放声高唱。嗯，严格地说，不是在唱，它们的声音更像大公牛在吼叫或者警犬在狂吠。不管像什么，这噪声几乎把天空刺穿。

凯亚克一划近，海象就从它们的宝座上迅速滑进水里，一下子就不见了踪影。

"都跑了。"罗杰说。

"没关系，它们总得上来呼吸。"

"它们能在底下待多久？"

"大约10分钟。"

"它们在下面干什么呢？"

"用它们的尖牙在海底挖贝壳类食物呢。"

"它们会把贝壳吞下去吗，连壳一起吞？"

"不。书上说，它们用鳍状肢夹碎蛤壳，弄掉碎壳片，然后吃蛤肉。"

"可蛤壳和牡蛎壳都硬得像铁，海象怎么能用一对柔软的鳍状肢把它们夹碎？"

"可不那么柔软。"哈尔说，"海象用它那对鳍状肢夹住你的头，能把头压成煎饼。"

"它准强壮得像匹马，难怪因纽特人把它叫作海马。它能下潜多深？10米？"

"100米还差不多。人要是不穿潜水服下潜到30米就会得减压病或叫潜箱病，海象下潜的深度却是人的3倍。不过，它要是不上来呼吸，就会憋死。瞧，它们上来了。"

它们上来了，从水里探出它们的黑脑袋，呼吸时像在吹口哨。它们不是只呼吸一次，而是十几次，直到它们肺里的每一条缝隙都充满空气为止。

看见两只凯亚克还在那儿，它们生气了，大吼大叫发泄它们

16 海象说……

的不满。一只公海象朝哈尔的凯亚克冲去,把它撞翻了。

哈尔曾叮嘱罗杰不要忘记一件事,他自己却忘了。海象突然袭击,他在惊慌中松开了握桨的手。凯亚克翻了后,他屏住呼吸,绝望地用双手划水,想把凯亚克翻正。这时,他的头倒悬在水下近1米处,那种感觉很古怪。

不行,他的手毕竟不像桨那么顶用。他到处瞎摸,却怎么也摸不到他的桨。他开始感到头晕,再也不能屏住呼吸了。这是怎么个死法呀,倒栽葱!

不过,如果真要死,他倒庆幸死的是他自己,而不是他的小弟弟。

这段时间,他的小弟弟一直在干什么呢?

罗杰已经把自己的凯亚克划到哥哥的船边,正在用力想把他的船翻过来。他推不动那条船,哈尔的体重使它总朝着下面。

哈尔是游泳好手,但他被固定在了凯亚克里。罗杰意识到,不管凯亚克有多么好,它也有缺陷。只要一锁在里头,要摆脱出来可要费大力气。

哈尔的桨越漂越远。罗杰把自己的桨放下水。桨戳在哈尔的肋骨上,使他从昏迷中醒来。他一把抓住桨,只划了一下,凯亚克和他本人就翻出水面。罗杰赶紧捡回哈尔正在漂远的桨。

那头公海象一直在等待时机捣乱。一般来说,海象身长约为3米多,但有些海象身长可达6米。这头公海象就是一个大个子,它的身长是凯亚克的两倍。

要能趁这头海象还没有把我们怎么样就把它逮住,那该是多大的收获啊!

哈尔的脑袋这时不大好用,这也难怪,翻船的经历使他昏沉沉的。动脑筋的事儿,就全靠他的这个小弟弟了。罗杰想到一个主意——但这能行吗?

公海象靠近了,罗杰用桨猛敲它那柔软的鼻子。公海象沉下水去,但它马上又吼叫着浮上来。它那疼痛的鼻子还没来得及呼吸空气,罗杰就又给了那鼻子一桨。

公海象又一次沉下去。但它必须呼吸空气,所以它几乎是立即就浮上来了。又是重重的一桨,没法呼吸的"海洋之马"沉下去了。

哈尔看出罗杰的意思了:要使那海象因为缺少空气而软弱无力。于是,他也一起干了起来。

那头巨大的海兽终于闭上眼睛不再挣扎。两个孩子征服了它,用的只是不让它往肺里填充空气的办法。

现在他们必须迅速行动。公海象很可能会苏醒,清醒的海象最终会击败他们。他们把两根套索都扔出去,套住海象头,然后把这头失去知觉的庞然大物往岸上拖。

岸上聚集了一大群人在看热闹。他们认识这对兄弟,也喜欢这对兄弟。他们看得出兄弟俩现在需要什么。早已有人准备好了一辆卡车,卡车后面还拖着一个什么东西。那是一个筏子。他们趁海象还在水里,就把那筏子推到它身下,然后,发动卡车,把筏子连同它上面载着的一吨半重的大家伙一起拖到机场。

直到最后被装上一架运输机,准备飞往纽约的长岛,那海象才苏醒。

16 海象说……

17

罗杰和杀人鲸

伊格庐外有一个声音在喊:"有人想要进去。"

"是谁呀?"哈尔问。没有回答。哈尔这才想起来了,因纽特人是不说出自己的名字的——那会得罪名字的神灵。

如果是泽波,哈尔肯定不想让他进屋,但泽波是不会说"有人"的。所以,一定是一个因纽特人。

"可以进来。"哈尔说。

进来的是奥尔瑞克。看见兄弟俩穿着乙烯橡胶潜水服,各自背着一个氧气罐,他十分惊讶。

"干什么去?"奥尔瑞克问,"去游泳?游着玩儿还是有正经事?"

"你可以把它叫作正经事,"哈尔说,"我们收到一封电报,父亲想要一头杀人鲸!"

"一头杀人鲸!啊,你们这些可怜的家伙!你们会送命的,我们因纽特人了解杀人鲸。它几乎是这片水域中最危险的客人。有一群杀人鲸刚刚到这儿,这儿人人都尽可能离它们远远的,怕被杀人鲸一口吞掉。"

"也许是它们不经常来,所以你们的人从来没有真正熟悉它们。你见过杀人鲸吗?"

"不能说我见过,但我听说过许多杀人鲸的故事。我们的朋

17 罗杰和杀人鲸

友当中就有人被那些没有人性的畜生咬死了。"

哈尔说:"在水下,谁也无法看得很清楚,说不定吃掉他们的是鲨鱼呢。"

"但你肯定知道杀人鲸的坏名声。"奥尔瑞克说。

"对,它的名声很可怕。"哈尔答道,"它大约只有10米长,却能咬死30多米长的鲸。它长着24颗锋利得像剃须刀一样的牙齿。它一口咬住鲸的嘴角,迫使它张开嘴,然后进到嘴里去吃鲸的舌头。不知怎么搞的,这一招能使鲸一筹莫展,流血而死。杀人鲸继续吃,直到把它那近两米的胃填满为止。然后,别的杀人鲸再上去把剩下的鲸的尸体吃掉。"

"对呀,"奥尔瑞克说,"既然你知道杀人鲸的厉害,干吗还要下海去捕猎它呢?"

"因为它正巧又是人类最好的朋友之一。人们把它叫作鲸,它却不是鲸,而是一种大海豚。海豚是绝不会伤害人类的,它们好像觉得我们是它们的远亲。"

"我可不是什么杀人畜生的远亲。"奥尔瑞克说。

哈尔继续说:"但愿我能介绍你认识杀人鲸。"

"你想让它吃了我吗?"

"当然不。我知道你会平安无事,我知道它会喜欢你。"

"说得对。正因为它太喜欢我,所以才会把我吃掉。"

"根本不可能。在有海豚的动物园里,海豚总是最佳表演明星。它们会玩无数的把戏,很容易训练。大象是一种很优秀的动物,大脑很发达。但杀人鲸的脑容量比大象的脑容量大6倍。"

"那说明不了什么问题,"奥尔瑞克说,"一个光打歪主意的巨大脑瓜还不如一个守规矩的小脑瓜。"

"不错，奥尔瑞克，"哈尔说，"但现在，你如果不介意，我们要动身去看看那巨大的脑瓜是不是也能守规矩。"

"好吧，"奥尔瑞克说，"能认识你们真是荣幸。我猜我是再也见不着你们了，永别了。"

"不是什么永别，"哈尔说，"只不过是短暂的别离。吃午饭时见。"

已经是仲夏，但仍然到处是冰。他们出门后就在浮冰块上走，从一块浮冰蹦到另一块浮冰。只要一次跳跃略有闪失，他们就得比原计划提前很多潜入海里。当他们觉得已经走得够远了，已经到达深海海面时，他们就溜进海里。

水很冷，但他们穿着橡胶潜水衣，身上暖烘烘的。

他们非常仔细地朝四周搜寻，首先看到的并不是他们正要寻找的杀人鲸，而是一条鲨鱼。鲨鱼可不是人类的朋友。

倒霉的是，他们一眼看到的那条鲨鱼正朝他们游过来。他们像两道闪电刷地蹿出水面，爬上一块浮冰。

奥尔瑞克站在岸上，兴致很高地观看："你们已经从杀人鲸那儿逃脱了。"

他等着看杀人鲸像猪嘴一样的鼻子露出水面，但他看到的却是一条鲨鱼的大嘴蹿出水面，想去咬哈尔兄弟，接着又没入水中。

哈尔他们站着的那块浮冰随水漂动，直漂了400多米，兄弟俩才再次跳入水中。

看不见鲨鱼了，但也不见有杀人鲸的踪影。

17 罗杰和杀人鲸

他们看见一个巨大的像潜水艇似的物体正朝他们游来。那东西的巨口张得大大的,哈尔猜那是一条格陵兰鲸。

这是一条没有牙齿的鲸。

动物没有牙齿怎么能吃东西呢?

鲸有两种——有齿鲸和无齿鲸(或叫须鲸)。有齿鲸包括伪虎鲸、球头鲸、鹅喙鲸、抹香鲸(又称巨头鲸)等,而无齿鲸则有座头鲸、长须鲸、灰鲸、露脊鲸和蓝鲸等。其中最大的要数蓝鲸,身长30多米,是世界上最大的动物,大小相当于150头牛或25只大象。

这些巨兽靠什么生存?仅仅靠张着嘴在海里游呀游,碰着什么就把什么吃下去——那些叫作浮游生物的微生物呀,螃蟹呀,龙虾呀,虾子呀,还有许多叫不上名儿来的东西。

对于一只如此巨大的动物,这些东西似乎都太微小,但蓝鲸一天内却能成功地吸食进大约1吨重的食物,连闭嘴咬一下都用不着。多么简单的生存方式啊!

那条格陵兰鲸闭着眼,张着嘴,游着,游着。突然,它那巨口一下子舀到了罗杰,鲸和孩子都大吃一惊。罗杰不会被嚼碎,因为鲸嘴里没有牙齿。他也不会被一口吞下去,因为这鲸的喉咙太窄。他被卡在那儿,脚吊在鲸嘴的一边,手却从嘴的另一边伸出来。如果说有人要大喊大叫的话,那就是罗杰。但是,在鲸嘴里号叫倒不如省下那点儿力气,因为没人会听见的。

鲸停了下来,这个在它嘴里扭来扭去的家伙使它非常恼火。它想使劲儿挣脱他,不料却卡得更紧了。

哈尔既同情弟弟,也同情这条鲸,可他却帮不上忙。他非常有力气,体重超过他爸爸,但面对这样一条体重也许是他100倍的巨兽,他怎么能获胜?

他抓住罗杰的双脚往外拽他,罗杰纹丝不动。他游到另一边去,拉住他的手使劲拽,还是没作用。

他四处张望寻找援助。

救星来了。那是一条身长不过四五米的小杀人鲸,它发现了两个孩子,赶来营救他们。它把头伸进格陵兰鲸的巨口,咬住罗杰。被它那尖利的牙齿咬住并不舒服,但牙齿没有扎穿潜水服。杀人鲸尾巴一摆,身体往后一缩,把罗杰从死神的口里拉了出来。

格陵兰鲸赶忙以最快的速度逃命,因为它不是杀人鲸的朋友。

那条不是鲸的鲸显然不想离去。它像只狗似的用脑袋蹭着罗杰,然后,为了不显得太偏心,它给予哈尔同样的待遇。当孩子们浮上水面时,它跟着他们。

他们忠实的朋友——奥尔瑞克早已准备好一辆拖着筏子的大卡车等着他们了。小杀人鲸被拖上筏子,孩子们上了卡车,随后动身朝机场开去。

"我们得赶快,不管哪种鲸或海豚,都离不开水,只有放回水里才能保证安全。它的肺在胸腔里,它的身体那么重,把肺压得那么紧,使它不能吸进足够的空气。它会窒息的。不等我们把它送上运输机,它就可能死去。我们在机场见过的那种大水箱——我们能不能让人马上在运输机里装一个?"

"已经装进去了。"奥尔瑞克说,"我早知道你们需要那种水箱,6米多长,比那家伙长一米半左右,里面装满了水。"

17 罗杰和杀人鲸

"了不起啊,奥尔瑞克。我真不知道没有你我们该怎么办。"哈尔激动地说。

把杀人鲸放进水箱时,它还活着。它再也不需要杀生了。一到长岛,它就会被喂得饱饱的,然后装箱运给订购它的动物园。在动物园里,它将开心地学习各种要求它掌握的节目。它会学得比其他任何会游泳的动物都快,因为正如科学家莉莉博士所说过的:"海豚学起东西来像人一样快。"

3 米长牙

"现在我们要去捕一条'一角'。"哈尔说。

罗杰皱起了眉头。他想,对于动物他也算懂得不少了,可从来没听说过这种东西。"'一角'是什么?"

"它是地球表面最为奇特的动物之一,只有北极地区才有,所以多数人都没听说过它。"

"是什么呢?一种鱼?"

"不,不是鱼。"

"是鲸?"

"可以说是一种鲸。"

"别拐弯抹角了。它究竟是什么东西?"

"一种与独角兽相像的东西。"

"那么,独角兽又是什么东西呢?"

"不是东西的东西。现在不存在,而且过去也从未存在过的东西。但2000年前,人们相信有独角兽。它被想象成一种马,古怪的是,人们认为它有一只突出在头上的好几米长的角,所以它被叫作独角兽——'独'就是'唯一'的意思。探险家们曾经发现了一只坚硬的象牙质角,是非常好的象牙质角。只有动物才会长出这种象牙质的东西,所以,他们就断定这角来自一只真正的独角兽。他们向全世界宣布,他们已经证实那种被叫作独角兽的动物确实存在。其实，那是一只一角鲸的牙，将近3米长呢。"

罗杰说："你可没法给我证明，有的动物竟然会长3米长的牙齿。"

"等我们捕到一条一角鲸，我们就知道了。一角鲸有一点非常特别，就是它长两只牙。右边的只是一只小牙，左边的那只有2~3米长，有的甚至超过3米。"

罗杰摇摇头："我还是不相信，世界上竟会有这样的东西。我去过很多动物园，可从来也没见过这样的动物。"

"大多数动物园都对它一无所知。在康妮岛的纽约水族馆里有一条非常小的，据说是第一条被生擒活捉的一角鲸。它不肯吃鱼，不过倒很喜欢吃奶糊。就靠吃奶糊，它每星期可以长9千克。那是在1969年，如果它长大了的话，到现在该有6米多长了。我不知道它是不是还活着。但在这儿，一角鲸来了又去，有时候一次就来上千条。"

"这就是说，要么我们一条也见不着，要么一见就是上千条。"

"就是这么回事。"哈尔说，"因纽特人杀了它们吃肉，那肉味道很好。奥尔瑞克告诉我说，有一次，因纽特人宰杀了1000条一角鲸。他们把肉留在一块浮冰上，一阵大风把浮冰吹走了，那肉也就喂了熊。"

"那些角有什么用吗？"

"把那些角碾成粉末后卖了，有人认为那是很好的药材。一些因纽特天才艺术家会在角上进行雕刻，到格陵兰岛来的游客喜欢带一段30多厘米或60多厘米长的雕刻的鲸角回去。刻上精美图案的纯正鲸角值很多钱呢。"

奥尔瑞克来告诉他们："你们抓一角鲸的机会来了。它们不像平常那样成千成千地来，不过在离岸不远的地方至少有100条。"

"我们要不了100条那么多，"哈尔说，"只要一条就够了。"

"嗨，抓一条也不容易啊。它们游得快极了，就像闪电一样。不过，如果别人能抓到，我知道，你们也一定能。我十分有把握。等你们捕到它上岸时，我会准备好卡车和拖筏等着你们。"

哈尔和罗杰划着他们租来的凯亚克出海去了。奥尔瑞克说得不错，100条或者更多的一角鲸正在那儿玩得痛快。它们忽而从彼此的身上跃过，忽而顽皮地用它们的角互相戳，忽而又飞快地蹿下海底去抓大比目鱼。那些正在休息的一角鲸在水里直立着，它们的角笔直地竖在水面上，活像几十根电线杆，全都有将近3米高。这些电线杆会突然消失，而海水就会被这些恣意嬉戏的活泼的动物搅得沸腾起来。它们把两条凯亚克当作新玩具，一会儿把凯亚克掷上空中，一会儿紧贴着船头甲板溜过，一会儿又滑过后甲板，但它们绝不去碰坐在中间座洞里的孩子。

一次又一次，哈尔试图用套索套一条一角鲸，但套索总是滑到那只角上，一角鲸一摆，套索就掉下来了。

罗杰比哥哥干得好，他没使用套索。一条正在玩闹的一角鲸用它的角戳了一下凯亚克的海豹皮船体，可它戳得太深了，角从船的一头进来，差一点儿没扎着罗杰。它把船扎穿了，水漏进船里，凯亚克连带着罗杰开始下沉。一旦锁进凯亚克，要脱身非常难。一角鲸也挣扎着要拔出它的角，却没有成功。

哈尔把他的凯亚克划到罗杰的船边。"挣开它，"他说，"尽快从那儿爬出来。"

水已淹没了罗杰的脖子。哈尔抛出套索套在弟弟身上，然后把他拉出来。

"平躺在我后面的甲板上。"他说。

罗杰还从来没有被人用套索捕捉过。不过，能够被人从水中坟墓里营救出来，他很高兴。他一把抓住正在下沉的凯亚克的船舷边，竭尽全力紧紧抓住它。一角鲸已经不再为脱身拼命挣扎。哈尔朝岸边划，罗杰拼命抓住载着一位"一角"乘客的凯亚克，说什么也不放手。

奥尔瑞克已经备好卡车和拖筏。"这可是捕一角鲸的新方法。"他说。

为了让凯亚克船主修船，哈尔多付给了他一点儿钱。只要在每个洞上打一块海豹皮补丁，凯亚克便可以使用如常了。

一角鲸被运往机场。

消息很快传遍了休丽城。第二天的晨报赞扬哈尔和罗杰做了格陵兰岛从来没有的壮举。捕杀一头一角鲸并不难，但是，一个14岁的少年竟然把它生擒活捉了。

"真是胡说，"罗杰说，"我根本没捉住它，是它自己抓住了自己。"

十臂怪兽

"有人有一件很要紧的事要告诉你们。"

"听上去像奥尔瑞克,"哈尔说,"如果你的名字是奥尔瑞克,请进。如果你的名字叫泽波,别进来。"

奥尔瑞克进来了,他说:"你们听说过海蛇吗?"

"海蛇?"哈尔说,"我最后一次听说海蛇是在我8岁的时候。我爸爸告诉我说根本没有这种东西。"

"那么,它很可能不是海蛇,但那实在是一种非常古怪的厉害东西,全城人都非常担心。妇女们在哭泣,因为她们失去了孩子。男人们都在磨鱼叉投镖,要去杀这个厉害东西。"

"这个厉害东西长的什么样儿?"

"像一条蛇。它从水里伸出爪来,浮冰上有什么就抓什么。它吃海豹、小海象或者海鸥。那还不算糟糕,但这厉害东西已经开始把去看热闹的男孩、女孩甚至大人抓下去,全城人都轰动了,他们要你们去想想办法。"

"它的上下颚一定很有力,"哈尔说,"不但能把孩子而且竟然能把成年男女拖下海去。"

"它没有上下颚,没有尖牙,没有嘴巴,也没有眼睛。实际上,它连头也没有。在应该长头的地方,是它的手。"

"一条蛇,在该长头的地方长着一只手,"哈尔说,"这真有点儿荒诞离奇。"

"来，你自己去看看吧。"奥尔瑞克说。

站在浮冰块上看这只怪兽的因纽特人见到哈尔和罗杰都很高兴。看见这两个孩子没有带鱼叉，除了一卷绳子外，什么武器都没带，他们都惊呆了。

"不要下去！"有人喊，"你们会送命的！"

"他也许是对的，"哈尔说，"我们没有必要两个都下去。你留在这儿。"

他潜入海中。罗杰一直等到完全看不见哥哥，然后，也潜下水去。

出现在他们眼前的不是一条蛇，那看上去更像是一大堆蛇。哈尔数了一下，足有十条，都是从一个身体上冒出来的。按它的大小判断，哈尔估计它足有四五百千克。从外表上看，它最可怕的地方是那对巨大的黑眼睛，直径足有30多厘米。它的嘴巴很吓人，大得足以吞下罗杰。伸开所有触手时，它两端的距离准有15米。

哈尔认得它，这是巨乌贼。它还有五花八门的别称，如巨鱿、蝠鲼，还有墨鱼。

巨乌贼对所有海洋，包括北冰洋，都能适应。它力大无穷，甚至能把一条大船拉下去，它是世界上最大的无脊椎动物，也就是说，是一种没有长脊柱的动物。它是食肉的——除了肉类以外别的东西都不能满足它的胃口。现在，就在它的鼻子底下，摆着两块美味肉食。

不过，它显然已经饱餐了一顿，并不怎么饿。看来，这两只动物不怕它，这反而使它大吃一惊，而且有一点点恐惧。

19 十臂怪兽

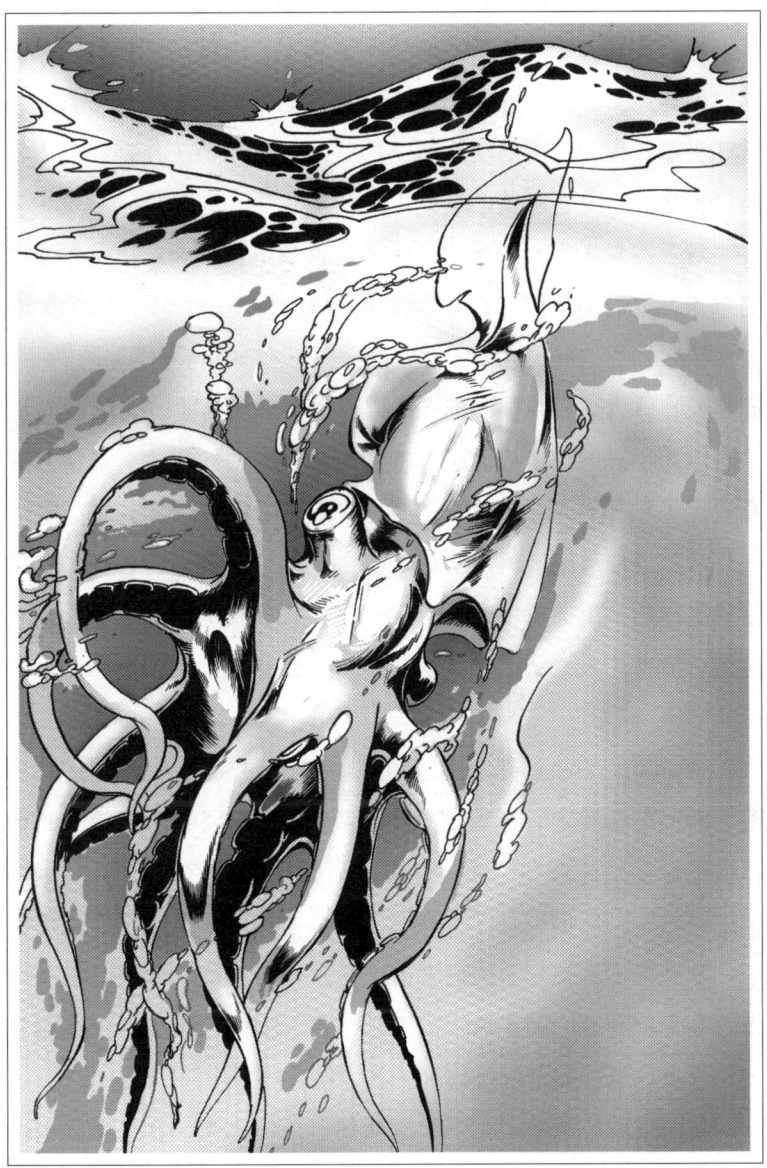

它舞动着它的触手，不难看到每只触手上面都有四行杯状吸盘，里面长满刀子一样锋利的棱。事实上，这就是它被称为乌贼的原因。英文中，"乌贼"是一个很古老的词，本义是刀具。当这些吸盘夹住被捕食的动物时，那些刀子就开始工作，在进入巨怪口里之前，受害者就已经死了。

触手看起来当真像条蛇，只不过顶端不长头而长出一种手状的东西，它能一把攫过并紧紧抓住任何生物。

哈尔知道这种奇特的野兽有壳——但它的壳不是长在外面，而是长在体内。长在体内的壳用以保护心脏和其他内脏器官。

因为小兄弟的打扰，这奇特的野兽喷出一团黑墨，这团墨完全遮住了它，使人看不见，这就是它别名墨鱼的原因。

哈尔恐怕那团墨后面的乌贼会游走。它会朝后游，因为它的喷管射出的水流会迫使它倒游——喷气式飞机的制造者利用的正是这一原理。人类从这个厉害非凡的家伙身上学到的东西非常有价值呢。

哈尔和罗杰决心不让这个奇异的东西逃走，他们冲过那团墨。因为准备游走，怪兽把10只触手全都收回身边，哈尔趁势悄悄把套索松开搭在它头上，再往后拉去套住它的全身。然后，他把绳拉紧，不但绑住了怪兽的身体，连那10条"蛇"也绑住了。罗杰帮忙调整套圈的位置，他虽然十分小心，却还是被一只带着几十把利刀的触手抽了一下。结果，他的乙烯橡胶潜水服被割了个大口子，需要好好修补一番才能再用。

他的皮肤被狠挖了一下，血从伤口中流出来，在乌贼喷出的墨团旁形成另一团墨水，不过是红墨水。

19 十臂怪兽

兄弟俩抓起沉重的套索绳头,把它拖往一块浮冰。十几个壮汉在浮冰上抓住绳子,于是这只怪兽被一寸一寸地拉出水面,然后踏上去往飞机场的路程。

20

住在冰下

他们在休丽城的街上漫步——哈尔、罗杰,还有奥尔瑞克。

"挺不错的一个市镇。"哈尔说。

"16 条街道,"奥尔瑞克说,"有一座比纽约帝国大厦还高 15 米的雷达发射塔。"

哈尔说:"我见到的除了商店还是商店。商店,商店,住在这儿的人都上哪儿去了?"

"大老板们住在这些屋子里,工人们则住在冰下。"

哈尔停下来盯着奥尔瑞克:"住在冰下?你说的不是这个意思吧?"

"当然是这个意思。你从来没有到下面去过吗?"

"没有。在地上,我差不多都见识过了。"

"跟我来,"奥尔瑞克说,"我带你们去看冰下城。"

在休丽城外,他们来到一个通往地下的洞口。一段楼梯把他们带到一个他们所见过的最奇怪的市镇。

市镇由无数的直径近 8 米的金属管道构成。这些金属管道就是城镇的街道,地面由木板铺成。沿着管道的一边,修建了简陋的小屋,工人们就住在那些小屋里面。

"他们为什么不把这些小房子建在上面呢?"哈尔问。

"因为小屋转眼就会被雪掩埋。人们也曾把小屋建在上面,

20 住在冰下

但雪把它们完全埋没了,所以才建到下面雪落不到的地方。"

没有一丝日光,但电灯光却很足。"就像在潜水艇里。"罗杰说。

"但这比人类建造的任何潜水艇都大得多。城里有好几个饭厅,一个图书馆,一个可以打乒乓球的游艺厅,一个广播室,一个健身房,还有一个剧院。"奥尔瑞克说,"在这个剧院里,你可以看到最新的美国电影,甚至在美国还没上映的电影都看得到。"

"我们在地底下多深的地方?"哈尔问。

"离地面大约11米,"奥尔瑞克说,"每下一场暴风雪,就变得更深一点儿。"

"雪不会使这下头很冷吗?"

"恰恰相反,雪使这儿暖和,因为雪有极好的保温作用。"

一些此时不上班的人玩得正开心——看电影,打球,看书,唱歌,谈论时事。不管外面是什么恶劣天气,他们都不会受到打扰。

孩子们从冰下城出来时正好赶上暴雪。刺骨的寒风呼呼地吹,他们不得不承认在冰下实在好得多。

几天后,奥尔瑞克又把他们带去另一个冰下城。这座城叫作世纪之营,它比前一座冰下城大得多,好得多。中心街道有400多米长,完全用薄铁板覆盖,铁板上面是几米厚的雪。下雨时,雪就变成了冰。

"每隔一段时间,这些薄铁板就得更换一次。"奥尔瑞克说。

"雪不会渗进来吗?"哈尔问。

"不会,"奥尔瑞克说,"雪变硬之后就能支撑住。"

中心街道上交通繁忙。街道的高度和宽度足以容纳拖拉机和大卡车畅通无阻地行驶，奥尔瑞克管这些车叫鼬鼠。此外，还有14条横向街道与中心街道相连，它们的两旁是整齐的塑料小屋。

"我们认为将来的冰城会大量使用塑料，"奥尔瑞克说，"用塑料造的小屋子又好又牢固。"

在这座城的中心有一座核电厂，可以提供这个小小城市所需要的全部电力。

"有时候这儿会太暖和。"奥尔瑞克说。

"那你们从上面抽入冷空气吗？"哈尔问。

"不，是从下面。"

"怎么能从下面抽呢？"

"我们往冰下钻一些10多米深的洞，用抽气扇把冷空气抽上来。"

他们参观了官员们的住处。他们的房间宽敞漂亮，里面有真皮椅子、红木柜子、装潢华丽的灯饰、厚厚的地毯……总之，一个官员想得到的一切都有。

这座冰下的现代化市镇是为150人设计的，但奥尔瑞克说，它很快会扩大到能住1000人的规模。

哈尔和他的同伴参观了别的一些房间，其中一间是试验室，正为进一步改善冰下城镇进行着试验。

哈尔骑冰山

"你们愿意到冰山海岸去一趟吗?"一天早上,奥尔瑞克说。

哈尔吃了一惊:"你是说格陵兰岛的东海岸?那儿离这儿有1200多千米呀,坐狗拉雪橇得25天才到得了呢。"

"我看得出来你读过这方面的书籍,"奥尔瑞克说,"你真是个十足的爱动脑筋的家伙,总是三思而后行。"

"别奉承我了。"哈尔说,"我知道的只是我们没有到东海岸去的可能。能到那儿肯定是很好的,世界上的冰山大都在那里形成,但我们花不起25天去又25天回来的时间。"

"哦,那么,"奥尔瑞克说,"半天去半天回,怎么样?"

"白日做梦,"哈尔大笑,"只有坐飞机才做得到,但我们没有飞机。"

"只要你们想要就会有的。你知道我在机场兼职,我的一个熟人要飞过去视察一项采矿工程,我问过他肯不肯带你们一起去,他很愿意有你们做伴。一个人飞行是很寂寞的。那小伙子叫皮特,他今天上午8点动身。现在快8点了,穿暖和一点儿,那边冷得很。"

他们穿得暖暖和和的,然后跟奥尔瑞克一起到了机场。在那儿,他们见到了皮特,跟他握了手。

"很高兴你们能一起去,"他说,"走吧。"

他们登上飞机。头顶上的什么东西开始飕飕地旋转起来。

"原来你会驾驶直升机。"哈尔说。

"我几乎什么飞机都驾驶过,"皮特说,"不过,这一次用直升机是最好的,因为在东海岸的悬崖峭壁上很难降落。"

"我明白,"哈尔说,"乘直升机容易着陆,不需要跑道。"

"对,"皮特说,"那边挺荒芜的。除了悬崖峭壁和冰川以外,什么也没有。没有跑道,没有树木,没有草地,除了冰和雪,除了峭崖以外,什么也没有。要生存,那儿可是个坏地方;不过要死,那儿倒是个好地方。"

他们正在飞越巨大的格陵兰冰冠。"人们说,"哈尔说道,"这个冰冠的年龄已经有好几百万岁了。它年龄最大的部分当然是它的底部。如果有一天气温转暖,整座冰冠和南极的那座一起融化,变成海洋的一部分,会怎么样呢?"

皮特答道:"它们如果融化,会使海平面上升70多米。"

"想一想,"哈尔说,"从纽约到布宜诺斯艾利斯,沿海岸的所有城市都要被淹没。"

罗杰说:"有没有人曾钻透冰冠直至它的底部?"

"没有,他们钻了一个15米深的孔,发现那个深度的雪在1879年就在那儿了。"

"他们为什么不钻深一点儿呢?"

"因为冰冠老像蛇一样扭来扭去。你今天打了一个笔直的洞,明天就会变成一个钩子似的弯洞,弯得你根本无法钻到底部。没有人能想象这座冰冠会怎样变化。冰面上建了好几个科学考察站,但人们却不知道上哪儿能找到它们。它们一会儿漂到这儿,

21 哈尔骑冰山

一会儿漂到那儿。移动着的冰一年内会把一座考察站推出160多米远,还有一个考察站移动了800米。冰冠老是欢蹦乱跳的,它有自己的思想哩。"

罗杰朝东北方海面望去:"那些乌云意味着什么?下雨还是下雪?"

"那些不是云,"皮特说,"那是山。它们叫瓦特金山脉,高度是3700米。我要去视察的那个矿就开在这条山脉的一个山坡上。我把你们带到冰山区放下去,然后我继续飞往矿区。我要在那儿待两至三天,回头来再把你们捎上。"

"那样安排挺好,"哈尔说,"我们有一个帐篷,有睡袋,还有食物和其他必需品。"

飞近东海岸时,他们已经看得见被冰山覆盖的大海。哈尔还记得,1912年泰坦尼克号巨轮是怎样被冰山撞沉的,那座冰山就像眼下这些冰山一样巨大。泰坦尼克号曾是世界上最大的轮船,当时是它的第一次航行。它的船长沉迷于速度,他迫不及待,因为他要打破横越大西洋的纪录。那天晚上,海面很平静,天气晴朗清冷。船长知道前面有冰山,但他宁可依赖密切监视,也不肯降低船速。

监视并不够密切。当时,泰坦尼克号比任何航船都快,它一头撞上一座冰山,冰山把船体劈成两半,就像砸开核桃一样。水涌进船里,船开始下沉,1500名乘客全部遇难。

也许,船长本来以为他那强大有力的船能冲破任何冰山,可悲的是他错了。冰山只被削去了一点点,而裹着铁的坚硬的船却在一刹那间变成一堆废铁。

由于失职，船长受到了严厉的指责，但这却不能使 1500 名乘客死而复生。

另一个玩忽职守的家伙是加利福尼亚人号船的船长。加利福尼亚人号当时离出事地点仅 16 千米，但却对遇难船只的求救信号不做反应，只是继续航行，对正在沉没的船只和人不给予救援。

从直升机往下望，孩子们能看见河流正朝海洋流去，但那些不是水的河流，而是冰的河流。

"那些冰河很深，"皮特说，"有的从河面到河底足有 300 米。其中有一条长达 1126 千米，是世界上最长的冰河。当然，因为河里是坚硬的冰，它流动得很慢，一年才流动大约 30 米，但它们最终还是会流到高耸在海岸的悬崖边上。它们不会在那儿停下来，前面的冰会被后面来的冰推动着，从半空中直泻下来，那可能是 30 米或者 150 米的高崖。由于没有任何阻拦，从那样的高度坠入大海，它最后会发出可怕的巨响。正是那轰隆一声，意味着一座新的冰山形成了。"

罗杰兴奋起来："我想看看。"

"你会看到的，而且还会听到——冰河的崩裂声、呻吟声、咆哮声，还有从高处坠入海中，向四面八方激起无数喷泉时那一声可怕的巨响。"

"人们常把它说成是'小牛出生'。"哈尔说。

"对，"皮特说，"这样形容冰河崩解似乎很奇怪，但那意思是说，冰河产生冰山就像母牛产下小牛一样。应该说一座冰山就

21 哈尔骑冰山

是一头强壮有力的大牛犊。"

皮特没法让直升机在预想的地方降落。时速达 160 千米的大风——这在这一带沿海很常见——把直升机吹到海面上,而一股强气流又几乎把直升机吹下大海。皮特竭力使他的飞行器往空中升,他绕过两座冰山,每次都几乎撞在冰山上。最后,他终于让他的直升机上升到一道悬崖上方,摇摇摆摆地在悬崖上降落了。

哈尔和罗杰带着帐篷、睡袋、食物和其他必需品跨出直升机。

"祝你们好运!"皮特一边大喊,一边掉转直升机的航向,朝北边矿山飞去。

罗杰打了个冷战:"是什么使这地方冷得这么可怕?另一边的海岸已经够冷的了,这儿比那边还要冷得多。"

哈尔答道:"那边的海岸有南来的暖流经过,使那儿稍微暖和一点儿。这儿却没有那样的暖流,除了北方来的寒流外没有别的水流。"

罗杰拉过风雪大衣的衣襟裹住脸,呼吸马上把他的脸弄得潮乎乎的。过了一会儿,为了看见东西,他拉开风雪大衣露出脸来,他脸上的那层水汽马上凝结,使他的脸被冰壳包住,连上下眼睑也被冻在一起,他只能透过睫毛模模糊糊地看见一点儿。

"怎么会这样?"他大惑不解。

"这比在冰冠上冷多了。"哈尔说。

"我要跑一下暖暖身子。"罗杰说。

"你最好不要那样做。一跑你就会流汗,汗又结成冰,那样你从头到脚都会被冰裹住的。"

轰隆，轰隆，轰隆。海面上的冰山已经够多的了，却还有越来越多的冰山不停地坠下来。

"冰山到底有什么用处？"罗杰说，"专家们为什么不想个办法制止它们形成？"

"他们努力过，"哈尔说，"曾用大炮轰过，也曾在冰上打炮眼用炸药炸，还试着把冰染黑以加快它们融化。所有这些措施都失败了。"

"但过一段时间之后，冰山肯定要化的吧。"

"是的，过一段时间之后，但那是很长一段时间。一座冰山也许一年都不会融化，那些巨型冰山融化起来花的时间还要长得多。有的冰山高达200多米，重达800万吨，它们可能许多年都不融化。风暴会使它们互相碰撞，削去一点儿冰，但削得太少，起不了什么大作用。"

他们搭起帐篷，把它牢牢地固定住，以防风把它吹走。然后，哈尔说："咱们走走去。"

"上哪儿？"

"到那条冰河上。"

"可冰河会把我们带出去，扔进海里。"

"我想我们能及时躲开，"哈尔说，"它只是在非常缓慢地流动。"

于是，他们在吱吱嘎嘎呻吟着的冰河上漫步。冰河并不像他们想象的那么平坦，那上面有许多沟坎洞穴。罗杰累了，他回帐篷去钻进睡袋取暖。他睡了一觉，突然，一声比冰山崩塌还响的尖叫惊醒了他。

21 哈尔骑冰山

他一个箭步跑出去看是怎么回事。他看见哥哥正从空中往下掉。当冰河朝着大海往外流时,哈尔在河上走得太远,冰河断裂,他就跟着冰一起掉下去了。罗杰再看时,在远离悬崖的海面上,哈尔已随着冰山漂走。

罗杰能怎么办?即使他能从90多米高的悬崖上往下跳,他还是一筹莫展,哈尔那座冰山已经漂出很远了。

"我要能有条船就好了。"罗杰想。

在这道悬崖顶上的某个地方,总该有人住着吧。罗杰踏着深深的雪往北奔去,他做的正是哈尔叮嘱他不要干的事。跑着跑着,他开始出汗,汗又变成冰。于是,他变成了一个冰人,关节几乎都动弹不了了。一座房子,或者一幢小木屋、一座伊格庐的影子都不见,不会有人傻到住在这种鬼地方。

他扭转身向南跑。结果无非是出更多的汗,汗又在他身上结成更多的冰。

他朝海面上望,希望能向一艘船发信号求救。海面上一艘船也看不见。不可能有船驶进这片到处是冰山的海域。

他一定得想点儿办法处置他穿着的这件冰大衣,他的行动已经越来越困难了。

他走进帐篷,点着那个小小的野营炉。然后,他脱光衣服,像一尊塑像一样一动不动地站着。他的那件冰盔甲开始融化。当冰盔甲变成水,从身上往下流时,他用毛巾把身体揩干,穿上衣服。然后他又走出帐篷去看。现在,他看不到哈尔了,哈尔的那座冰山已漂得无影无踪。

他真想哭一场,但他长大了,不能哭了。他已经是一个大小伙子,而一个大小伙子应该有能力干点儿什么,可他却束手无策。他只得又回到帐篷里面,钻进睡袋。

他睡不着。每次快要睡着时,他就会突然想到自己被一个人孤零零地留在了北极。

"没关系,"他对自己说,"等哈尔漂出冰山区,就会有船经过,把他救上去的。"

要是皮特现在回来就好了,可他要等两三天之后才回来。皮特会知道该怎么办。他可以往南飞,这样就可能找到哈尔了。

但过了四"觉"之后,皮特才回来。

"随着冰山的漂浮,哈尔已经漂到很远很远的地方了。他已经整整四天没吃东西,肯定跟死了差不多了。"

"咱们去把他找回来。"皮特说。

他们朝哈尔那座冰山漂走的方向飞去,没找着那个漂流的孩子。他们在冰山之间到处都搜索遍了,就是不见哈尔的踪影。

罗杰心灰意冷,他说:"咱们飞出冰山区去吧。"

他们飞到冰山区外面。一个钟头后,他们遇上一条渔船,哈尔就在那条船的甲板上,像他一向那样白白胖胖,干净利落,神采奕奕。

直升机靠上去,在甲板上空盘旋。他们放下绳梯让哈尔爬上飞机。哈尔朝渔船的船长挥手致谢。

罗杰的第一个问题是:"你吃东西了吗?"

"我有三天没有一点儿东西可吃,只能嚼冰块。"哈尔说,"后来,我漂出了浮冰群,这条渔船救了我,还把我喂得饱饱的。"

21 哈尔骑冰山

罗杰很高兴,也很生气。

"你把我弄得神经紧张。"他说。

哈尔笑了:"对不起,小兄弟。当我在冰山上挨饿时,你却不得不一个人吃饭。"

能把哥哥弄回来,罗杰实在太高兴了,也就顾不上再多发牢骚了。

他们飞回悬崖去拔了营,又爬上直升机。四个小时后,他们已经坐在自己的伊格庐里了。在伊格庐里,南努克热烈地欢迎他们,它用后腿站起来,把他们的脸舔得黏糊糊的,像是他们分开了整整一年,而不是四天。

22

飓风

"我们得捕一只北极熊运回家。"哈尔说。

"我们已经有一只了,"罗杰说,"南努克。"

哈尔说:"我们很不愿与南努克分开,它是我们家的一个成员。我是指我们伊格庐里的这个小小的家,南努克和你,还有我本人。而且它那么喜欢我们,离开我们,我很怀疑它不会快活。"

"我们到哪儿去再捕一只呢?再到冰冠上面去吗?"

"在那上面,我们可能走好几千米路都找不到一只。"哈尔说,"我想,要抓到北极熊,最好的地方是哈得孙湾。他们说,在一座叫作丘吉尔①的小城里有大量的北极熊。"

罗杰哈哈大笑:"我们进城去抓北极熊?"

"我知道,这听起来很奇怪,但在那个地方,你确实能见到很多北极熊,就在城里的大街上。"

"你在开玩笑。你从哪儿得来这么一种不可思议的想法的?"

"在《史密森尼亚》上面的一篇文章里看到的。那是华盛顿的史密森尼亚学会的一份官方杂志,史密森尼亚学会属于美国的国家博物馆。我想,他们说的可以相信。"

"但我们怎么到那儿去呢?"

---

① 丘吉尔:加拿大海港城市。——译者注

22 飓风

"明天,有一艘二桅帆船要驶往丘吉尔城,我们将上那条船。别指望在船上有什么奢华享受,那不是一条远洋客轮。一般来说,二桅帆船只有帆,但这一艘既有帆又有轮机。我想,要它把我们送到那儿没什么问题。"

哈尔猜错了,但这不是他的错,他不可能预见到飓风来临。

他们登上那艘小船两小时后,天突然发怒,吹起了骇人的狂风。风太猛,随时都有把帆吹走的危险,所以他们不得不把帆落下来。狂风肆虐,冰暴疯狂地袭击着小船。

成千上万吨碎冰被风裹挟着打在船上,厚达3~6米的大冰块咆哮着撞在船上,发出尖锐刺耳的响声。

即使是锅炉厂也不会发出这样喧嚣的噪声。北冰洋曾被称作平静的海,但此刻在这艘快乐海号二桅帆船的甲板上却没有平静。为了不被风吹走,哈尔和罗杰紧握着一根桅杆,肩并肩靠在一起,却听不见彼此说话的声音。

他们想到甲板下头去,躺到铺位上,但那样一来,他们就看不到这场面了。飓风肆虐可不是每天都看得到的。现在,除了船长和他们俩以外,人人都在下面。

他们正乘风破浪穿越梅尔维尔湾。这海湾有着"北冰洋上最危险地带"的名声,其中布满了冰山。这些冰山不像东海岸一带的冰山那样,高耸出海面200多米。然而,即使那些仅比小船高出一倍的冰山,也会带来巨大的危险。二桅帆船造得非常坚固,但成百万吨的冰倾压下来,最坚固的船体也受不了。

冰山通常只有1/8露出水面,因此,藏在水下的7/8那部分就很可能惹是生非。二桅帆船的龙骨多次被冰山的水下部分碰着，几乎被撞翻。有一次，帆船朝右舷倾斜得厉害，船上的乘客全都从铺位上掉了下来。有时，帆船被卡住，只有尖啸着的狂风才有足够的力量把它推下来。

大风像狮子般吼叫。船长竭力要把他的船转过来，驶往一座冰山的背风面，那儿的风势会弱些。可他刚把船驶到那儿，那座庇护帆船的冰山就被风推着撞在另一座冰山上，船被挤在了两座冰山中间。由于两座冰山都倾斜着，船就被顶上空中，在3米多高处俯瞰着怒涛翻滚的大海。

船在高空中，不再倾斜摇晃，稳稳当当地立着。船上的乘客都不由得抬起头来，看帆船是不是已经驶进某个海港。当他们看到自己乘坐的船被高高地卡在白浪滔滔的海面上空，都惊得目瞪口呆。不过，这样船至少能安定一下，他们也有机会克服一下晕船。

但这并不能帮他们到达丘吉尔城。船长怕来自两边的压力会把船体压碎，因此忧心如焚。如果那样，船上所有的人和东西都得到海底去，在那儿找到绝对的安宁和死亡。整整12个小时，船一直悬在空中。

乘客们不断抱怨那些讨厌的冰山。

哈尔告诉他们："冰山至少还有一样好处。你们可别忘了，要是没有冰山，你们正一口口吞下去的那些饮料就不会这么好喝。"

一位牢骚满腹的乘客说："冰山跟饮料有什么关系？"

"冰山的冰是最好的。格陵兰向世界各地出口冰山冰。每年夏天，至少有10座山被切成小块运往国外。它们有一个商标名，

22 飓风

叫'格陵兰冰山石'。"

乘客们咧嘴笑着把他们杯中的"石头"摇得咯咯响。这一刻，他们很开心，但没过多久，又开始大发牢骚。

一位乘客对船长抱怨道："你为什么不干点儿什么？"他看上去非常气愤。

"要是你告诉我该干什么，"船长说，"我就去干。"

"嗯，"那人说，"十分简单。只要把其中一座冰山推开，船就会落到水面上。"

船长微微一笑："那就请您把它推开吧。我肯定，它不会超过100万吨重。"

飓风终于过去，把两座冰山顶在一起的那股强大的风也变弱了。船滑入海面，继续航行。过了哈得孙海湾继续前行，最后终于到达那个叫作丘吉尔的小城。

23

北极熊的城

哈尔和罗杰步入丘吉尔城海滨的一家小旅馆,请柜台上那个人给他们一个房间。

"对,我正好有一间空房——1楼8号房。很好找,门是开着的。"

他们找着那扇开着的门,走进他们的房间,但房间里已经有了一位客人。哈尔瞪大眼睛站住,他简直难以相信自己的眼睛。

"我上当了。"他说。

在一张矮凳子上坐着的是一只北极熊。

"咱们离开这儿吧——快!"罗杰说。

"等一等。"哈尔说。熊连看也不看他们一眼。看来,它在这儿熟络得很,一动也不动。

孩子们回到办公室去。"我们房里有一只熊。"哈尔说。

"别让它打扰你们。"旅馆老板说。

"它怎么可能不打扰我们?"哈尔责问道。

"就由它去吧,它迟早会走开的。"

"那是一只驯服了的熊吗?"

"啊,可远不是驯服的。它就像它们成群来时一样野。它一不高兴,一掌就能把你捆死。在丘吉尔这地方,我们都很小心,不去惹恼我们的熊。"

23 北极熊的城

"你是说,熊一切都优先?"

"永远是这样。丘吉尔的人口由 16000 人和 200～300 只熊构成,但不是整年都这样,有时一只熊也没有,有时候有成千上万只。我可以向你们保证,要是你们再待上几个月,你们在丘吉尔就不会再见到熊了。"

"几个月!"哈尔大叫,"我们待在这儿不会超过三天。"

"那么,你们只得做好准备欣赏我们有趣的熊了。我们喜欢它们。不错,它们每年都弄死几个人,但只要你不惹它们,它们大都挺不错的。要是你惹恼了北极熊,它可是比灰熊危险得多呀。所以,当心点儿。"

他们走回去从门缝往房里看。熊走了。

他们一下子倒在床上,在经过二桅帆船上的艰苦旅程后,是该休息一会儿了。

休息好后,他们到外面城里转转。在中心大街上,熊比人还多。警察为什么允许这种现象存在?

"这座城太小,不会有警察局。"哈尔说,"但有一个骑警。"

"什么是骑警?"罗杰问。

"加拿大皇家骑警。"哈尔说。

那个因为高高骑在马上而被叫作骑警的人弯下身来,因为哈尔在跟他说话。

哈尔问他:"这些熊当中如果有捣乱的,你怎么办?你会开枪吗?"

"除非迫不得已,我们永远不会这样做。"骑警说,"熊是法律所保护的。在加拿大只剩下大约 12000 只北极熊,我们不想让

23 北极熊的城

它们灭绝。只要杀死一只熊，你就得坐牢——除非那只熊已经把你咬死。"

"这么说，你的主要职责，"哈尔说，"是保护熊，而不是保护人。"

"我们当然保护人，但人并没有在地球上灭绝的危险，所以我们主要关心的是熊的利益。一辆熊巡逻车不分昼夜地在丘吉尔到处巡逻，以保证人不伤害熊，而熊也不伤害人。"

"最后一个问题，警官先生。我们正代表一个机构向动物园提供野生动物，如果我们给动物园捕捉一只你们的熊，会有人反对吗？"

"当然不会。在动物园里，熊会得到比在野外更好的照顾。只是你们怎么捕得住它们，我无法想象。不过，你们看上去像挺聪明的小伙子，会想出办法来的。"

孩子们继续朝前走。在船上他们几乎没吃东西，现在很饿了。他们找到一家小餐厅，就进去了。当然，餐厅里头有一只熊，而人人都习以为常。熊有到处通行无阻的权利。一个侍者给熊端上一团肉，一分钱都没收。

熊吃掉肉，然后，似乎想给正在用餐的人表演，它抬起前脚站起来。它的个子太高了，所以头碰在天花板上。这一下，它可不开心了，嗥叫着放下前脚，用四只脚走出餐厅，边走边摇头。人为什么不把天花板弄得高一点儿，好让熊能站起来呢？它觉得人并不怎么样。

吃过午饭，兄弟俩又上街了。在一扇窗户上，他们看见一只熊。它不是在朝窗户里面看，它在里头，正在朝外望。这使两个孩子感到吃惊，但街上的人谁也没有朝熊看上第二眼。在一扇门上，他们看见一张告示："除本俱乐部成员外，闲人免进。"一只熊想闯进去。守门人在门里面高声嚷道："你不是俱乐部的人，走开。"熊走开了。

那天正巧是星期天，一只熊走进去，庄严地穿过通道。两个孩子往里瞧着，他们看到了一个懂得用什么办法把熊弄走的人——风琴手突然弹奏出一首令人恐怖的乐曲，熊顿时停下脚步。是吃掉这个风琴手，还是躲开这骇人的噪音？它得努力做出抉择。看样子，这风琴手没什么滋味，所以那位客人转身走了。

一些人用鞭炮吓走那些过分好奇的熊。鞭炮在一只北极熊鼻子跟前十几厘米的地方爆炸，熊吓坏了，逃上一辆公共汽车去躲避。兄弟俩看到好机会来了，他们关上公共汽车门，车上一个人也没有。

司机坐在前面，一块厚厚的玻璃隔板保护着他，把他和汽车的后部隔开。哈尔上前跟他说：

"这辆公共汽车是你的吗？"

"是的。"

"你去过长岛吗？就在纽约外头。"

"我以前住在纽约。"

"我想给一家动物园捉这只熊，骑警说我们可以带走它。如果你把这头熊运到长岛，并送往'亨特野生动物基地'，我付你100美元。你要是不知道那野生动物基地在什么地方，长岛上任何一个人都能告诉你。"

"200美元，我给你运。"车主说，"先付款。"

23 北极熊的城

"200美元就200美元,不过不能先付。我们怎么知道你会不会真把它运到那儿?我给我父亲——约翰·亨特打个电报,野生动物基地是他的,叫他等你到了就给你200美元。"

"那挺公道。"车主说。于是,他不敢耽搁,赶紧上路。

哈尔给爸爸打了这样一封电报:

> 400余千克重的北极熊乘巴士到你处,接货后请付司机200美元。若熊活得状态良好,另付他小费50美元。

他们在小旅馆里过了一夜,第二天就飞回格陵兰岛,不想再与梅尔维尔湾的冰山较量了。

他们拥抱了自己的南努克,庆幸他们用不着被迫与这位亲爱的朋友分手。

"我们一定要跟你在一起,"哈尔说,"只要你愿意跟我们在一起。"

24

到阿拉斯加去

"你们为什么要离开格陵兰岛?"奥尔瑞克抱怨道,"难道你们不喜欢这儿吗?"

"我们当然喜欢,"哈尔说,"但在这儿,能做到的我们都做了。我们捕到了很多动物,而且已经把它们全都运回家去了。在我们出发到这儿来以前,爸爸吩咐我们把这儿的工作完成后到阿拉斯加去。"

"你们能指望在阿拉斯加找到什么我们格陵兰没有的野生动物?"

"嗯,比如说北极麋——世界上最大的麋。海狗、海狮、海獭,还有那些不到这儿的海域来的鲸类。蓝熊、黑熊、灰熊、漂亮的大角羊,还有重中之重科迪亚克巨熊——世界上最大的熊。"

"听上去挺有意思,"奥尔瑞克承认道,"可我们肯定会想念你们的。"

"我们也会常想你的,"哈尔说,"你是我们在格陵兰最好的朋友。你把你精良的狗队借给了我们。我们抓到海象、杀人鲸、一角鲸和巨乌贼时,是你准备好卡车和拖筏在岸上等着我们,准备好把它们运往机场。没有你,我们会多受多少罪啊!"

"没什么,"奥尔瑞克说,"我只是喜欢跟着别人凑热闹罢了。"

24 到阿拉斯加去

"现在,你愿意跟着我们吗?在休丽,我想让你看一样东西。"

在城里,哈尔在一幢崭新的房屋前停下来。哈尔雇了工人建这幢房子,他们干得很好。在纽约,这也许算不上是房子,但比起一座伊格庐或帐篷来,它就是一幢房子,而且是一幢好房子。

墙是用石块相互镶嵌砌成的。石块当中的缝隙填上了泥浆,泥浆已经冻住,在这块离北极这么近的土地上,温度永远不会高于冰点,所以泥浆将会一直冰冻着。平屋顶用鲸骨交叉搭成,上面盖着超过15厘米厚的草皮,草皮上已经开满了野花。

"很漂亮的一幢房子。"奥尔瑞克说,"是谁的?"

"是你的呀,你这个傻瓜——给你和你家里人的。"

"我简直不相信,有这么好的事。"奥尔瑞克说,"我家里的人一定很喜欢。我们每年都得重建伊格庐,而一幢鲸骨屋顶的石头房子永远也不用重建。当然我们要为此付钱——每年付一点儿,直到付清为止。"

"别瞎说了,"哈尔说,"你为我们所做的一切,远不是这一幢小屋所能相抵的。"

哈尔和罗杰去看艾拉姆——那个曾带他们飞往北极的人。艾拉姆仍然挂着拐杖,也许,这一辈子都得挂拐杖了。他不肯为北极之行收报酬。他父亲什么也不肯收。他妈妈说:"这间屋里到处都是我们先祖的鬼魂,只要我们总做好事,他们就不会伤害我们。我们为你所做的一切都微不足道,请你务必把它忘掉。"

哈尔尊重老太太对鬼魂的敬畏,没有留下钱。在航空基地,他找到医生,付款定做了一只假腿给艾拉姆,好让这位勇敢的年轻人不用再拄拐杖了。

南努克可得特别照顾。他们决定前往阿拉斯加,南努克一定得跟他们在一起。到阿拉斯加有定期的货运班机,但要说服有关人员同意把400多千克的北极熊当成货物,哈尔大费了一番口舌。

"你说它是驯化了的,"飞行员说,"但也许只有当你们在旁边时,它才驯服呢。它以前从来没有坐过飞机,我可不愿意背后带着一只可以咬死人的东西飞往阿拉斯加。你们必须答应一个条件,我才带上它——你们俩一起在货舱里陪着它。"

"我们原来计划舒舒服服乘客机回去,"哈尔说,"在货舱里跟那些大包、小包、箱子、盒子在一起,我们不可能享受到舒适。不过,实在不得已,我们只好这样干了。"

"你们想在哪儿着陆——费尔班克斯①,还是安格雷奇②?"飞行员问。

哈尔说:"那些城市太靠南了,我们想先在庞巴罗安营。"

"那可是阿拉斯加最荒凉的地方。庞巴罗伸入北冰洋,距北极只有2000多千米,是阿拉斯加的最北部——也是整个美国的最北端。"

"那正是我们所需要的,"哈尔说,"我们在那儿的任务是找到北极的海洋动物。要找到它们,有什么地方比得上北冰洋的阿拉斯加这边呢?庞巴罗有机场吗?"

"有,我们几乎每天都到那儿去。飞越地球之巅,到那儿只

---

①② 费尔班克斯、安格雷奇:均为阿拉斯加州下属城市。——译者注

24 到阿拉斯加去

要五个小时。"

"你是说你飞过北极?"

"很靠近北极,只是稍微偏左一点儿。这是最短的航程。我们在庞巴罗降落,然后继续往南到那些大城市去。你该到安格雷奇去。那城市在南端,不像其他地方那么冷。那是一个很美的城市,你们会喜欢的。"

"我相信我们会,"哈尔说,"但我们这次旅行不是消遣,到那里去的唯一理由是我们想到庞巴罗附近的布鲁克斯山去。"

"布鲁克斯山!哦呀,那些山高达2400多米,你们会冻死的。"

"对,"哈尔说,"有些甚至高达2700多米,但既然动物受得了,我们也受得了。"

只要兄弟俩跟它在一起,南努克在这座陌生的空中房子里就一点儿也不害怕。知道自己正在离世界之巅很近的地方飞过,哈尔和罗杰感到激动。五个小时后,他们在庞巴罗的机场降落。

兄弟俩和南努克一起朝小小的巴罗村走去。在那儿,他们吃了东西,在一个小小的旅馆里过了一夜。第二天一早就出发去寻找他们能找到的任何东西。

穿着体面的海獭

兄弟俩和南努克站在海滩上。他们背靠巴罗村,面临北冰洋。

离岸不远的海面上有一团黑糊糊的东西。

"那会是什么?"罗杰好奇地问。

那团黑东西伸出长长的脖子和有着闪亮的眼睛、长长胡须的头来。

"是一只海獭!"哈尔大喊,"瞧它那块头,比我们在南边见过的那些海獭大一倍呢。我敢说,它准有两米多长。这是我们在阿拉斯加捕捉的第一只动物。"

南努克表现出极大的兴趣。它轻声嗥叫着。它是不是以为这是它的晚餐?

"海獭有什么了不起的地方?"罗杰问。

"首先,它比几乎所有其他动物都爱玩儿。对于海獭来说,生活只不过是一连串的游戏。其次,它长着全世界皮毛之中最华丽最昂贵的毛皮。它过来了,瞧,它穿得多体面。"

这只海獭的皮是褐色的,脖子下面有一块像交通灯似的琥珀色的大斑点。海獭的两侧隐约地闪着美丽的金光银光。

哈尔说:"女士们以前常花近3000美元买一张海獭皮,做一件大衣要好多张皮子呢。"

25 穿着体面的海獭

"你说以前,"罗杰说,"难道现在不依然这样吗?"

"不了,"哈尔说,"除非她们想坐牢。以前,人们捕杀了太多的海獭,以致海獭几乎完全绝迹,所以人们通过了一条法律禁止捕杀。到现在,在这儿和阿拉斯加附近的普里比洛夫岛已经有许许多多的海獭了。"

海獭正在表演各种各样的杂技动作,它玩得痛快极了。它一跃1米多高,然后,一个翻身直插入水中。再上来时,它的一只鳍状肢像只手似的弯曲着抓着一只石牡蛎,另一只鳍状肢抓着两块石头。

海獭仰卧在水里,把一块石头放在胸前。它把牡蛎放在这块石头上,用另一块石头使劲砸下去,牡蛎壳裂成碎片。然后,它就把牡蛎肉吃下去。

罗杰瞪大了眼睛:"我一辈子也没有见过这种事情。有人训练过它这样干吗?"

"没有,"哈尔说,"所有海獭都会这样干。这让你知道它有多聪明。"

"海獭像鱼吗?它能够在水底下想待多久就待多久吗?"

哈尔说:"它就跟你一样,必须上来呼吸空气,唯一的区别是它比你我都强。没有配套的水下呼吸器,我们待在水下的时间不能超过3分钟,海獭却能在水底待10分钟。"

"冬天水面完全结了冰,它怎么办?"

"它会在水结冰前上岸来。它很聪明,不会待在冰下淹死。某些湖由于湖底有温泉,湖面上不结冰,海獭会摇摇摆摆地走过田野到那种湖去。或者,它也可以决定留在家里。"

"你指的是什么家?"

"它的家可能就在这儿,在这些灌木丛中。它通常会挖一条长约9米的隧道,在里面铺满叶子、草和苔藓,使它变得舒服。"

"那样,你关上门就可以把它逮住。"

"不,还有一道后门,在灌木丛深处。"

"老天,"罗杰说,"它想得好周到啊!有没有人能驯养它?"

"有,"哈尔说,"我看过这样的书,说在印度和中国,海獭被训练去为主人捉鱼,或者把鱼往网里赶。它要是喜欢你,就会跟你非常亲近。但你得留神,别接近那些尖利的牙齿。你要是惹恼了它,它会狠狠地咬你一口。不过,你不会惹恼它的,似乎所有动物都喜欢你。"

这会儿,海獭正仰面浮在水上,睡得正香。

"瞧,"罗杰说,"不知什么东西正往它的胸膛上爬。"

"那是一只小海獭,"哈尔说,"大的那只准是它的妈妈。"

海獭醒来给它的小宝宝喂奶。它用牙齿和舌头给小海獭洗澡。为了寻开心,它把幼崽抛上空中,又用胸脯把它接住。小家伙高兴得尖叫起来。

母海獭有好几种说话方式。它能尖叫,能吠也能咆哮。

一条鲨鱼正在到处觅食。母海獭把幼崽藏在腋下潜入水中。再浮上来时,它已经离海岸很近了。它把幼崽放到海滩上鲨鱼到不了的地方。

罗杰走上前,开始用他跟动物交谈时总爱用的安静温柔的方式跟那只母海獭说话。那聪明的动物打定主意,在岸上跟这两个人和一只熊待在一起,这比在水里受一条饥饿的鲨鱼威胁要安全

25 穿着体面的海獭

得多。

它跟它的幼崽一起上了沙滩。

哈尔说:"罗杰,把小海獭抱在怀里,然后,我们就慢慢地朝机场走。我敢肯定,不管我们把幼崽抱到什么地方,母海獭都会跟着。"

这只在所有哺乳动物中穿着最体面的家伙,就这样成了这两个生擒活捉动物的狩猎者在阿拉斯加的第一种猎获物。

就像在格陵兰岛一样,这儿也有货运飞机。于是,一架货机便成了海獭母子的窝,等着再装上其他动物后就飞往纽约的长岛。

26

巨兽之战

为什么在阿拉斯加一切都那么巨大？阿拉斯加本身就是美国50个州中的巨人。得克萨斯州是个大州——阿拉斯加却比得克萨斯大一倍，三个加利福尼亚州合起来才有一个得克萨斯大。海拔6194米的麦金利峰是北美最高的山。事实上，阿拉斯加拥有16座比其他48个州的任何山脉都高的山！

世界最大的麋、最大的熊……世界很多种最大的动物全都在阿拉斯加。

那一个早晨，兄弟俩动身去找4米多长的海狮，它比加利福尼亚沿海的两米多长的海狮长一倍。阿拉斯加州的海狗也是同类当中最大最强壮的。

哈尔和罗杰很早就出发了，带着的不是枪，而是一张网和一根套索。他们到达海滩时正好赶上看一场恶战，一只大公海狮揪住一只巨大的海狗打得难解难分。

"人们为什么把它叫作海狮？"罗杰问。

哈尔说："发现它的科学家斯特拉把它叫作海里的狮子，因为它长着粗壮的脖子、厚实的肩膀和金色的眼睛，看起来非常像非洲的狮子。而且，它又跟一只长足了个头的狮子一样大，你现在看到的那边那只很可能有1吨重。据说海狮比狮子机灵，而且比一般的海豹聪明得多，马戏团通常会选择海狮做演员，因为它

26 巨兽之战

很容易训练,甚至小海狮也是天生的机灵鬼儿。别的动物生下来眼睛看不见东西,海狮不像它们,一生下来眼睛就睁得大大的,它们还不用学就会游泳。不到两个月大,它的体重就达到40多千克。它从一开始就有极敏锐的视觉和听觉,能到水下300多米深的地方——一只成年海狮也不过如此。"

海狗像一条海豚似的从水里跃出,它的胡须在风中飞舞。只听砰的一声巨响,它重重地朝海狮背部撞去。

罗杰哈哈大笑,"这让我想起两个小男孩玩跳蛙。"

"很像,"哈尔说,"不过这两个家伙可不是在玩游戏。它们是要咬死对方,就是这样。"

海狮身子一扭从敌人身下挣脱出来,用它那有力的鳍状肢给海狗头部可怕的一击,它那鳍状肢几乎像铁一样坚硬。

然后就是胡子对胡子了。彼此都用牙咬住对方的胡子拼命扯,结果是双方都因为疼痛发出可怕的咆哮。

扯脱后,海狮一把攥住海狗的头,把它朝下按进水里。只见它紧紧按住不放松,决心要使它的敌人因缺氧而死掉。

海狗用它那长而有力的两只后鳍状肢抱住海狮头往下拽。

"哎呀,它们两个都会死的!"罗杰惊叫。就在这时,海狗的老婆们救驾来了。在这之前,兄弟俩并没有留意到它们。哈尔迅速数了一下:"共有30只。"

"它们全都是这只公海狗的老婆吗?"

"对呀。有时候,一只公海狗的老婆多达50个呢。"

老婆们纷纷尖叫着游到公海狗和海狮下面,把它们的头举往空中。

老婆们真是吃力不讨好,公海狗朝它们大吼,仿佛在说:"走开!这事用不着你们插手。"

哈尔说:"它使我想起一些男人,他们对妻子为他们所做的一切并不感激。"

现在,海狮和海狗的激战已经到了白热状态。两只畜生的八只鳍状肢转得像风车似的。人们可能会以为鳍状肢像一只翅膀一样无力,其实正相反,它像斧子一样危险。所有这些斧子都在拼命抽打,两只动物都被砍得遍体鳞伤。对于海狮来说,这没什么关系,因为,就像非洲狮一样,它的皮毛不够好,不能用来做皮革大衣。但对于海狗来说,这可就严重了,因为这种动物的皮毛几乎像海獭皮一样值钱。

兄弟俩不想卷到这场混战当中去,那样也许会被咬死。

"这些海狗到底从哪儿来?"罗杰好奇地问。

"从普里比洛夫群岛一直穿过俄罗斯而来。"

"俄罗斯,离这儿1万多千米呢!"

"没有,"哈尔说,"俄罗斯和阿拉斯加之间的边界一直穿过白令海峡。你要是从冰上走出去,走到边界上,伸出手去和某个人握手,那你就是在和一个俄罗斯人握手了。俄罗斯和美国离得就这么近。"

"既然他们这么近,为什么没有把阿拉斯加夺过去?"

"他们确实那样干了。彼得大帝曾命令维特斯·白令去查明在西伯利亚的东边有什么。白令是踏上阿拉斯加的第一位白人。年轻的美利坚合众国对阿拉斯加一无所知,加拿大也不知道阿拉斯加,俄国人就把它夺过去了。很多年以后,他们以720万美元

26 巨兽之战

的价格把它卖给了美国。现在,它的价值不是几百万而是几十亿万美元。"

哈尔看见一只黑鳍在朝两位斗士靠近。

"那是一条杀人鲸,"他说,"我恐怕海狮和海狗都要完蛋了,杀人鲸非常爱吃海豹和海狮。"

但它们并没有完蛋。杀气腾腾的杀人鲸把敌对的双方吓得停止了争斗,转而做好共同面对杀人鲸的准备。这一仗它们不大可能赢,如果说人想要帮助它们,现在就是时候了。

南努克在凶猛地咆哮。它不喜欢杀人鲸。它开始朝水边走,兄弟俩让它去。大北极熊游过去,一口咬住杀人鲸的嘴唇。这一下子鼓起了海狮和海狗的勇气,它们跟南努克一道朝杀人鲸发起进攻。

如果杀人鲸不赶快逃走,它就会被咬死。它决定到别的地方去找它的晚餐。只见它嗖地把巨尾一摆,就把三个折磨它的家伙往沙滩上扫。

南努克见惯了兄弟俩捕捉动物,所以本能地知道该怎么干。它把两只动物都推到沙滩上。哈尔马上把套索圈扔过去套住海狮头,罗杰则用他的网逮住海狗。

哈尔说:"我们要给它们一点儿时间让它们的神经安定下来,然后再送它们上机场。"

"它们不会死吗——离开了水?"

"在远古时代,"哈尔说,"它们都是陆栖动物。甚至现在,它们仍然不太喜欢一直待在水里,也喜欢离开水。"

"但它们会走路吗——没有脚?"

"说到走路,它们的鳍当然不及脚,"哈尔承认道,"但它们能摇摇摆摆地朝前走。来,还是先让它们休息一下。"

海狗用它那双美丽的褐色大眼睛看着罗杰。

"看样子,它跟海狮一样聪明,"罗杰说,"它的脸看上去完全像一张熊脸。"

"你猜对了,"哈尔说,"它是熊的远亲,有人也把它叫作'海熊'。"

"它有多重?"

"我猜它有220多千克重。尽管如此,它仍然行动敏捷。瞧那宽厚结实的肩膀和那脖子的快如闪电的动作,还有它那象牙质的大牙,就像抹香鲸的牙一样。注意,那牙朝内弯曲,这样就能紧紧咬住任何到口的东西。被它咬住真可怕。不过,它从不咀嚼,只是囫囵吞下。看,它开始手舞足蹈了。这就是海狗的风格——非常活泼,好玩好乐。"

"好啦,"罗杰说,"我们该让它们尝尝摇摇摆摆地走到机场的乐趣啦。"

于是,它们真的大摇大摆地走起来。南努克紧跟在后面。巴罗村的人从未见过这种场面——两个男孩,两只凶猛的海兽,加上一只巨大的白熊在列队行进。那只白熊正扮演着警察的角色,以保证这些力气非凡的斗士平安地蹒跚走到机场。

唱歌的鲸,吹口哨的鲸

"今天将是一个重大的日子,"哈尔说,"穿上你的乙烯橡胶潜水服,我们要到下面去。"

"上那儿去干什么?"罗杰问,"我是说下面有什么?"

"座头鲸和贝鲁格,它们都刚刚大批来到,就在那边等着我们。"

"你说的是什么呀?"

"我说的是两种爸爸想要的鲸,它们刚从夏威夷来到这儿——成百上千。座头鲸是所有鲸中最令人惊叹的一种。等你看见它,听到它的叫声,你就明白了。"

"听鲸叫?"罗杰说,"鲸是不会出声的。"

"那是你的想法。"哈尔说,"座头鲸唱起歌来,你会用手指把耳朵塞起来。你听过水下的很多声音,但从没有听过一种声音像座头鲸唱的歌。我也只是听说——我自己也从来没听过。对我们俩来说,这都将是一种新的体验。"

"你说的爸爸要我们捕的另一种东西是什么?"

"是贝鲁格。这名字是俄罗斯人起的,是从俄语里'白色的'一词变来的,也就是白鲸。它是海里唯一一种雪白的鲸,它也很有音乐天赋。"

"它也唱歌吗?"罗杰问。

"准确地说不是唱,是吹口哨。"

当他们穿着他们的橡胶服要下水时,那位因纽特房东说:"你们今天要去找什么?"

"鲸。"哈尔说。

房东笑了,说道:"你在开玩笑。两个孩子去和鲸较量!城里人都知道你们有多么聪明机智,你们捕到了许多动物,但说到要逮住鲸——那完全是另一回事儿。很可能你们连捕鲸的仪式都不知道。"

"仪式?"哈尔说,"什么仪式?"

"城里的所有妇女都必须闭上嘴巴,非常肃静。她们一说话,鲸就会游走。她们不能动,她们一动,鲸就会拼命扑腾,然后逃走。而且,为了好运,你们必须戴着施过魔法的护身符,符上画着鲸。我们因纽特人懂得这些事情。"

"我尊重你们所懂得的。"哈尔说,"不过,也许那仪式完全是因纽特人的,不是我们的,别让你们的妇女为了我们的缘故而沉默吧。"

"但你们单靠自己干不了呀。"

"是干不了,"哈尔说,"我们打算找人帮忙。我们昨天去见过海岸警卫队的人,他们会开一艘他们那种大船到我们潜下海的地方去,守在上面。我们要是遇上麻烦,他们会帮助我们。再说,我们不捉大家伙。动物园宁可要幼小的动物,因为它们还能活很长的时间。"

"即使是一条幼鲸也比一群男人有力气。就算你们逮住了它,它还是会挣脱的。"

27 唱歌的鲸，吹口哨的鲸

"这就是为什么我们要带上这个。"哈尔说，他手里拿着一把枪。

"你们不能用那玩意儿，"房东说，"有一条法律规定不准杀鲸。"

"我知道，"哈尔说，"但这枪不是用来杀死鲸的，枪里面没有弹药，只有一个弹簧。它射出的不是子弹，而是一支镖，里面装满麻醉药。它只刺穿鲸的一点儿皮，然后使它睡着。"

"你骗不了我，"房东说，"枪就是枪，枪就是杀人用的，我得把你们的企图报告给我们的警察。"

"去报告吧，"哈尔说，"也许他能帮我们的忙。"

"他会帮你们进市监狱去。"

哈尔笑了："叫他先去问问海岸警卫队的队长。队长知道我们对杀任何东西或任何人——包括你——都不感兴趣。好啦，你不介意的话，我们该走了。"

哈尔和罗杰走到海岸警卫队驻地，那儿的人很清楚兄弟俩要干什么，很佩服他们的勇气。

一只漂亮小巧的船载着他们绕过巴罗岬到达西岸。鲸在这儿嬉戏玩闹，把海水搅得像开了锅。一个大家伙碰巧游到船底，它把船顶出水面1米多。船摇晃了一会儿，然后扑通一声巨响掉进水里。

船长对哈尔说："这儿怎么样？想改变主意吗？鲸正在水里狂欢呢，你们可是冒着可怕的危险呢。"

"我觉得还不算太糟。"哈尔说，"鲸不像鲨鱼，它们没有理由伤害我们。顺便问一句，你认为它们都是从哪儿来的？"

143

"从南面的暖流来，它们在那儿过冬。到夏天，那儿天气太暖，它们受不了，就上北冰洋宜人的凉水中来了。只是为了保险起见，把你们家里人的姓名地址给我，万一你们被咬死，我们好通知他们。"

哈尔笑了，他并不准备被咬死，但他还是按船长的意见给了他所要的一切："约翰·亨特，亨特野生动物基地，长岛，纽约。"

兄弟俩调好背上的水下呼吸器，跨过右舷，沉入水中。

爱好和平的巨鲸给他们让出一块地方来。它们围成一个大圈唱起了歌，这样的歌哈尔以前从来没有听过，罗杰简直不敢相信自己的耳朵。温和的巨兽们举行了一场水下音乐会，这是兄弟俩在任何歌剧院都没听到过的。有时候音符从高向低滑，就像警笛声。有时是颤音，有时像汩汩水声。有时候能听到明显的旋律。有些鲸唱女高音，有些唱女中音，有女低音，还有男低音。

在所有这些歌声后面，有一种隆隆声，像是在敲大鼓，还有嗒——嗒——嗒嗒的小鼓声。大鲸吼得像雷鸣，小鲸吱吱尖叫。

音乐推向高潮，旋律增强，组成华彩乐章。壮丽的乐曲中听得出嘹亮的喇叭、长号、单簧管、双簧管、巴松管、萨克斯管和长笛，还有那深沉的管风琴。

由于这音乐发自巨大的肺，那轰鸣声震耳欲聋。

哈尔记得美国地理协会曾出版过座头鲸歌声的录音带。现在，他们正听着真正的座头鲸的歌，这歌声甚至比录音还要美妙。

但那口哨声是什么呢？有什么人或什么东西正在用口哨吹着一个调子。哈尔指着一条全身雪白的小一点儿的鲸。那是一条白

27　唱歌的鲸，吹口哨的鲸

鲸。很显然，它不会唱歌，但它能用吹口哨来表达自己的心声。

座头鲸为什么叫作驼背①呢？杀人鲸背上长着鳍，这鳍长约1.5米，向上凸出，尖而有力。像杀人鲸一样，座头鲸背上也有鳍，但模样大不一样。它背上的鳍短而粗，看上去不像鳍，倒像一块隆起的瘤子，有些座头鲸连这块瘤子也没有。

座头鲸奇形怪状，哈尔明白它为什么被认为是所有鲸当中最奇异的。它的头硕大无朋，当它张开口时，嘴巴大得能把一个不幸的人囫囵吞下。它的拨水的两鳍异常的长。它身体的各部位连接得很不协调，就像蚂蚁身体的各个肢节一样：身体的前半部很巨大，但接下去就逐渐变细形成窄小的尾巴。

它做尽了种种千奇百怪的动作。它爱头朝下倒立，让尾巴突出水面。它能把身体卷得像个炸面包圈。它会用它那巨大的尾叶猛烈地泼溅海水。不管在干什么，它都总在起劲地放声歌唱，就像密西西比河汽船上的蒸汽风琴一样。

大的座头鲸身长15米多。哈尔看过的书上说，这种巨鲸光是心脏就有190多千克。那些幼鲸身长大约3.5米，它们正在唱女高音。就是它们，体重也有1000多千克。哈尔从它们当中挑了一条他觉得挺顺眼的，用他的麻醉枪把镖枪刺进小鲸的皮肤。麻醉药在它的身体内循环。它没有受什么严重的伤，但停止了歌唱，然后懒洋洋地在水面上漂荡。从船甲板上扔下来了一条粗绳，哈尔用它打了个圈套在鲸颈上。

到这时为止，一切都很顺利。现在，该轮到白鲸了，罗杰叉

---

① 座头鲸：英文"humpback"的原意是驼背或驼背的人。——译者注

145

27 唱歌的鲸，吹口哨的鲸

开腿骑在一条白鲸背上，哈尔给它注射了一针麻醉药。当罗杰和白鲸突然从水里冒出来时，船上的海岸警卫队员们由衷地笑了起来。

罗杰抓住扔给他的绳子，做成套索圈在了白鲸身上套。

兄弟俩爬上船，两条睡着的鲸被一路拖过巴罗岬去往机场。机场上的工人把鲸放在往南飞的货机的水箱里。货机马上出发，争取在这两位巨型乘客醒来之前把它们送往长岛。

兄弟俩回到他们住宿的旅馆，房东大笑。

"啊，你们只好放弃了吧，"他说，"我早就知道你们干不了。女人们又说话又到处走动，你们又没戴鲸鱼护身符，所以，当然喽，你们失败了。"

哈尔微笑着说："但愿我们每次都失败得这样惨。"

28

羊也杀生

他们正在攀登布鲁克斯山脉的一座山。这是一次艰难的攀登,因为山上铺满了滑溜溜的雪。

他们身后是一辆雪橇,不过不是狗队而是一队小伙子拉着。兄弟俩并不很介意,因为雪橇很轻,上面除了一顶折叠起来的帐篷和一些给养外,没什么东西。

山上刮着冰冷刺骨的寒风,越往高爬,他们就越感到冷。

罗杰停下来,拍着戴手套的手取暖。"冷得像格陵兰一样。"他抱怨说。

"因为我们在登高,所以觉得比在那儿冷。"哈尔说。

每次吸进冷空气,他们都禁不住冷得打战,呼吸很困难。凛冽的寒气从脚开始,往上渗透到整个身体,冻僵了胃,冻僵了肾脏、心脏,把鼻子和下巴都冻伤了。

"我们究竟到这儿来干什么?"罗杰质问道。

"逮羊。"哈尔回答。

罗杰瞪着哥哥:"你是说,我们受那么多罪就是为了逮一只羊?"

"不是你所想象的羊,"哈尔说,"我们寻找的可不是牧场主牧草地上的那种羊。"

"还有另外的羊吗?"

28 羊也杀生

"当然有。我希望能找到一只大角羊,它比牧场上的羊大一倍,力气大,野性十足而且危险。"

"人们为什么把它叫作大角羊?"

"它的两只角是整个身体中最有分量的部分,又粗又硬,向外弯成一圈儿。只要被那长着巨角的头撞一下,你就完蛋了。"

罗杰眼尖,他看见远处有东西在动,"是一个人——一个带枪的人。"

哈尔说:"不管在什么地方,只要有一个带枪的人,就会有麻烦。"

"他朝这边来了。"罗杰说。

过来加入他们队伍的那个人身材矮胖,相貌凶蛮,长一张平庸的脸,拿一把丑陋的枪。

追上他们后,他说:"喂,你们两个家伙。我敢打赌,我们寻找的是同一样东西——大角羊。对不起,这很使你们扫兴。不过,如果遇上一只,得到它的一定是我。你知道,我是个神枪手。"

"你从哪儿来?"

"怀俄明州。我在那边相当有名气,也许你们已经听说过我,我的名字是亚历克。"

哈尔立刻想到"精明的亚历克"这个词。它用来指那种好吹牛皮,老是自以为了不起,老是自作聪明的人。

哈尔微微一笑说:"碰上你真倒霉。恐怕我们最好还是现在就洗手不干。"

"嗨,""精明的亚历克"说,"你们愿意的话,可以跟着我转,看我怎样干。这对你们将是很好的一课——看看一个专家是怎么干这一类事的。"

"我相信我们会学到不少东西。"哈尔说,"不过,我想问问,你为什么要捕杀大角羊?"

"为了把羊头、羊角挂在我家的墙上。我客厅的墙上已经挂满了鹿角,不过,我想也许还有地方再挂一副羊角。"

"这么说,你做了不少杀生的事。"哈尔说。

"基林,我的中间名,意思就是屠杀。所有在地上走的东西我都不怕。我干吗要怕一只'多尔羊'?知道吗,大角羊又叫多尔羊。"

"你可能会发现,"哈尔轻声地说,"那多尔可不是指玩具娃娃[①]。"

"没关系,我可不在乎它是什么,越厉害我越喜欢。遇上那些棘手的活儿,我总能侥幸取胜。"

哈尔说:"有些动物的视觉比人类的发达,听觉比人类的敏锐,嗅觉比人类的灵敏,而且它们不会发动战争去屠杀亿万同类,这也比不上你吗?它们不会抽烟抽到得癌症,也不会喝酒喝得酩酊大醉。它们不会像有些做父母的人那样不管孩子,更不会为了把它们的头挂在墙上而到处开枪杀人。"

"我看得出来,你们是一对没一点儿男子气概的懦夫。"亚历克说,"我要跟着你们,保护你们不受羊的伤害,光靠你们自己是永远不会成功的。"

哈尔注意到,这个陌生人告诉了他们他自己的名字,但却一

[①] 英语里多尔(dall)和玩偶(doll)发音相同。——译者注

28 羊也杀生

直不愿费心去问他遇到的这两个人叫什么名字。他心目中只有他自己。

他们继续往山上爬。阿拉斯加的位置比格陵兰岛的北极区部分靠南得多,所以,太阳高得多,阳光也强烈得多。阳光照在雪上反射回来,刺得人眼睛痛。三人都开始觉得眼睛里仿佛揉进了沙子,或者说是热刀子。他们面临着雪盲的威胁,罗杰开始希望自己变成一只不怕这种耀眼强光的动物。

哈尔早就知道他们的眼睛要受罪。

他从口袋里掏出一块海象皮和一根细绳子。

"等一下,"他说,"我们得做三副护眼罩。"他剪下三块5厘米宽、18厘米长的海象皮,把其中一块罩在罗杰的眼睛上。

"这是干什么?"罗杰问,"我现在什么都看不见了。"

"我只不过想试试大小合适不合适。"哈尔说,"现在,我来把活儿干完。"

他拿过海象皮,在上面剪了两道细细的缝,每只眼睛一道。然后,他把那块皮蒙在罗杰的眼睛上,用细绳绕过后脑勺把它系牢。

这一下,罗杰可以透过护眼罩上的细缝看东西,刺眼的强光就没有了。

"现在,我给你做一副。"哈尔对"精明的亚历克"说。

但亚历克根本不肯要:"你把我当作什么,小孩子吗?别想把我当三岁小孩,否则我就把你的鼻子揍扁。"

"好吧,"哈尔说,"不过,我可得把自己当三岁小孩了。"他又做了一副海象皮护眼罩自己戴上。透过细缝,他看得见东西,但眼睛不再被强烈的阳光刺得生痛。"你最好还是让我给你做一副。"他对亚历克说。

但"精明的亚历克"却大发脾气。"那玩意儿给小家伙戴还凑合,"他说,"我是说,因为你们弱视。我的视力很强,我可不是弱者。"

他闭着眼步履踉跄地走着,不时被绊倒。显然,眼睛的剧痛折磨着他。哈尔为这笨蛋感到难过。他知道这个自作聪明的家伙一定觉得眼睛里扎满了针,因为他几乎看不见自己的脚在往哪儿走。哈尔上前扶住他的胳膊,但"精明的亚历克"却把他甩开。他是个傻瓜,而且太骄傲,不会接受别人的帮助。

他们遇上一小群驯鹿。驯鹿大多从他们旁边走过去了,但一只大公鹿却停下来,愤怒地用蹄子刨地面。它那副漂亮的角从头顶伸出1米多。哈尔见过很多驯鹿,却从未见过这样一只雪地之王。

"精明的亚历克"也看得见那副高高竖起的鹿角。"我得把那副鹿角弄到手。"他说着就准备开枪。

他还没来得及动手,那公鹿已经低下头冲过来,用角挑着他的肚子,把他举到三四米的空中。这会儿,"精明的亚历克"可就不那么精明了,他疼得直吼。也难怪,那些尖利的鹿角把他的皮肉都扎破了。

哈尔想干点儿什么帮助他,但还没等他想出该干什么,那公鹿已经跟着鹿群走了。每当它把蹄子重重地往地上踏一下,那位"精明人"就大声叫嚷一次,因为那些尖角往他的身体里扎得更深。

28 羊也杀生

惊心动魄的时刻到了。公鹿在一道悬崖边上停下来，把亚历克扔了下去。他落下去时拼命尖叫，幸亏 6 米多深的悬崖下是厚厚的雪堆。

哈尔赶过去把他扶起来，亚历克在哭。"我满身都是窟窿，"他说，"得赶快用抗生素。那些鹿角会使我中毒，我会得坏疽病死掉的。"

"不，你不会，"哈尔说，"那些鹿角像外科医生的手术刀一样清洁。它们总是竖在干净的空气中，从来不会弄脏——除了刚才沾了一点儿你的脏血以外。"

"你对动物怎么会懂得那么多？"亚历克问。

"那是我的本行。"哈尔说，"来，快把你的衣服撩起来，让我看看扎得怎么样。"

皮肤上到处是伤，血从伤口渗出来，但一流到皮肤上就结成硬硬的冰，血就止住了。大夫做不到的事，严寒的气候却做到了。

"精明的亚历克"不再那么神气活现了："我想回家。"

"打起精神来吧，"哈尔说，"你伤得并不厉害。别忘了，我们寻找的是大角羊。"

一个钟头以后，他们碰上了一只。它骄傲地站在一块大岩石上，那巨大厚实的角弯一个圈又卷回长出来的地方。它体格多么健美，仪态多么高贵！"精明的亚历克"举起了枪，更精明的哈尔早已拨开地上的雪捡起一小块石子，他把石子朝大角羊扔去，正好击中，大角羊闪开了几十厘米，亚历克的子弹刚好打不中它。

亚历克所做的只是惹恼了那只畜生。它用后腿立起来，朝亚历克扑去。它比亚历克高，而且力气大得多。

哈尔拔出麻醉枪。"我还以为你不相信枪的威力呢。"亚历克说。

"我相信这支。"哈尔说着开了火。

镖刺进大角羊的皮，它放下四脚趴下，开始用脚扒那镖。虽然后来它把镖抓掉了，但药已进入了它的身体，正在起作用。为了避免它在麻醉药完全起作用前溜走，哈尔用套索套住它，紧紧抓住绳子。

罗杰把雪橇拉到大角羊旁边，当大角羊摇摇欲倒时，哈尔把它推倒在雪橇上，然后紧紧地捆好。

"好吧，这一轮你们赢了。"亚历克说，"顺便问一句，你叫什么名字？"

哈尔告诉了他。

亚历克以极大的兴趣看着哈尔，他以前从没流露出过这么大的兴趣："我在报纸上见过有关你们的报道，你们给动物园抓动物。"

"对。"哈尔说，"你在怀俄明州干哪一行？"

"我有一个大牧场。怀俄明州也有一些野生动物，还有不少动物园。我有意仿效你们，只是范围小些。也许，我们可以给我们那儿的动物园活捉一些动物。"

"这是你到现在为止说出的最动听的话，"哈尔说，"祝你好运。"

他们友好地分了手。亨特兄弟带着他们的战利品一直走到山下，在那儿，一辆卡车等着把他们送往巴罗岬。

29 麋和鼠

"给我送来你们能捕获的最大的麋。"约翰·亨特给儿子们打电报说。

哈尔知道世界上最大的麋该上哪儿去找。"这意味着得往肯奈半岛跑一趟。"他说。

"我知道肯奈半岛在哪儿,"罗杰说,"但那地方离这儿太远了。我们在阿拉斯加的最北部,肯奈半岛却在南端。这一带的什么地方难道就没有麋吗?"

"阿拉斯加的很多地方都有麋,但只有肯奈麋才是真正的巨麋。为了找到那些大家伙,我们不得不去肯奈。"

第二天一早,他们登上往南的飞机。飞机将把他们从北冰洋载往一个更大的洋——太平洋。驾驶员和副驾驶员他们都认识,为了把他们的动物空运回长岛,他们常到巴罗岬的机场去。

"希望你们这次飞行愉快。"驾驶员本·布尔特说,"你们什么时候想上驾驶座舱来,只管来好了。在座舱里,前面的景物看得更清楚。"

飞机前面见到的一切都非常刺激。首先,飞机得径直飞往3000多米高空,以避开布鲁克斯山脉那些高山。然后,刚降低了一点儿高度又得再升上去越过恩迪科特群山。

飞过10多个湖,再次上升飞越雷山山脉。

155

此刻，他们身下是北美长河——育空河。刚飞过育空河，他们又得再次升空飞越麋心山。

接着，就到了最激动人心的时刻。他们飞过麦金利山国家公园，飞近麦金利山，这座北美最高的山，但他们没有试图飞越它。飞机从国家公园其他山的上空飞过——布鲁克斯山、猎人山和福雷可山。

然后，又是湖泊，湖泊，湖泊——阿拉斯加真是水泽之乡啊！飞过一道大冰川，飞过库克湾，最后降落在小城肯奈的机场上。

当一只大麋在跑道中央出现时，哈尔和罗杰正好在驾驶座舱里。麋是一种傲慢的动物，而且很犟，它绝不会给任何人让路，相反，所有人都得给它让路。它统治着北方的动物王国，就像大象在非洲是最强大的动物一样。在非洲，你要是看见一头大象站在路当中，你就必须停下来等，也许要等好几个钟头，因为大象有"通行无阻的权利"。在阿拉斯加，麋有"通行无阻的权利"。

当飞机朝它冲去时，麋仍站在那儿，像石像般岿然不动。驾驶员尽了最大努力把飞机刹住，但没有用。飞机与麋相撞了，发出刺耳的嘎吱声。飞快旋转着的螺旋桨眼看就要碰上了。这时，飞机猛地来了一个急刹车，惯性把飞机里的人全部抛向前去。麋肯定伤得厉害，但听不到它的一点儿动静，因为麋不像一些小动物，它不会哭叫。

机场工人帮着把麋从螺旋桨下解救出来，然后让飞机掉头慢慢驶入另一条跑道。与此同时，麋仍旧待在它刚才站立的地方没挪半步，仿佛它不是一只活生生的动物，而是一尊花岗岩雕像

29 麋和鼠

似的。

"现在你们该知道一点儿了,"本说,"要是你们想要逮住麋,那将是怎样一桩活儿。"

"这只麋不够大,"哈尔说,"上哪儿能找到真正的大麋?"

"在麋关。"本说,"但首先,你们最好跟我们一起去吃午饭,我们会详细告诉你们,你们面对的是怎样一件工作。这样,也许你们会改变试图逮一只麋的主意。"

吃饭时,本把他在阿拉斯加 25 年里所了解到的有关这种动物的情况,全都告诉给他们。

"对,正是在这儿,你们会找到世界上最大的麋。"本说,"在欧洲也有麋,但那里的人管它们叫麋鹿,个子只有阿拉斯加麋的一半。肯奈的公麋重达 800 多千克,比马高大得多。从它的尖角量起,足有 3.6 米高。"

哈尔抬头往上望。"这间房从地板到房顶大约两米半,"他说,"麋比这间房还要高出 1 米多!难怪它能成为阿拉斯加动物之王了。"

"麋属于鹿族,"本说,"但是,你曾见过鹿角像麋角这样宽吗?近两米宽!每天,它都要往肚子里填大约 25 千克食物。"

"什么样的食物?"罗杰问。

"树木。"本说,"它不会咬死任何动物,它不吃肉,只吃树木——树叶、树枝,甚至树干。它的印第安名字是穆丝(musee),意思就是吃树木的家伙。麋(moose)这个词就是从穆丝(musee)来的。"

"你刚才提到麋关,"哈尔说,"我们飞到那儿去吗?"

"不。你们最好租一辆旺尼根。"

"我的天,旺尼根是什么?"

"是一种大篷车,通常用拖拉机拖着。在雪地上用时,车上装有滑行装置。但这儿没有雪,所以,旺尼根装的是轮子。它自己有一部发动机。你们要想把麋运回来——如果你们真逮到一只的话——就得有一辆旺尼根。我带你们到一家旺尼根车库去。"

兄弟俩租了一辆旺尼根,跟他们的飞行员朋友道别,然后,就踏上去麋关的路。

半路上,他们碰到一只麋。当然,它还是站在路当中。哈尔牢记着麋有权通行无阻这一规矩,他刹住了旺尼根。他们等了半个钟头。一些人正在路旁干活儿,其中一个人喊道:"我来替你们把它撵走。"

他捡起一块石子扔过去,石子打中麋的鼻子。麋的鼻子跟世上任何鼻子都不一样,它长30多厘米,非常软。麋把它的鼻子当作手使用,用鼻子从树上摘下树叶塞进嘴里。鼻子是麋的欢乐和骄傲,任何妨碍它的行为都会引起麋的强烈愤恨。

眼前这只麋以为石子是从旺尼根上扔去的,它刻不容缓地行动起来,喷着鼻子,像一部蒸汽机车似的,怒吼着朝旺尼根扑过来。

哈尔赶紧沿着来路把旺尼根朝后退,但那只愤怒的麋以极高的速度追上大篷车。很难想象一只体形如此巨大的动物行动起来会这样迅速。为了咬高处的树枝,麋习惯用后脚站起来。这一次,它用后脚站起来,用它那对强有力的前脚把旺尼根翻到沟里去。旺尼根四轮朝天躺在那里,发动机还在拼命转。摔了个倒栽

29 麋和鼠

葱的兄弟俩从车里爬出来,撤退到野地里去。惩罚了那两个被认定是折磨它的人以后,麋不慌不忙地走开,它的大鼻子仍然气愤地抖动着。

修路工人是因纽特人,出于真诚的本性,他们立即过去帮忙。他们和兄弟俩一起把旺尼根翻过来,推回公路上。孩子们只是受了一点儿惊,他们谢过修路工人,就又踏上旅途。

最后,他们来到一个铁路和公路的交叉点,离那里不远有一个小火车站。他们走进车站,打算从站长那儿了解一些情况。他们看见墙上有一块告示牌,上面写着:"**如因麋而导致火车晚点,铁路当局概不负责。**"

"小伙子,你们买票吗?"站长问。

"不买,"哈尔说,"我们只是来了解一点儿有关麋的情况。我们注意到墙上那块告示牌。显然,麋常常走上铁轨,给你们惹了很多麻烦。"

"是的。"老站长说,"我们撞死过很多麋。要了解麋的情况,你们算是找对人了,我几乎知道麋的一切。麋是一种非常厉害的动物,要是吃了麋肉,你就会很有力气。麋的左后脚可以治癫痫,麋角能止头痛,用麋角磨成粉还可以解蛇毒,麋蹄可以治600多种病。"

一个年轻人听了这番话,哈哈大笑:"这怪老头儿可真迷信。"

哈尔说:"不过麋确实是一种与众不同的动物。"

"对。它一生下来眼睛就张得老大。出生7天以后,它就跑得比人快。成年雌麋的体重是400~500千克,雄麋的体重几乎是雌麋的两倍。它的犄角非常独特,模样像大汤盘。它那对可怕的前脚能踩死熊、狼、美洲狮、郊狼还有狼獾。它只吃紫菀、蕨类、百合、浮萍等各种树木。你绝想不到，麇吃这些东西竟有这么大的力气。它也吃白杨、香油树、白桦、枫树和山梨树的枝叶。它个子那么大，样子又那么笨拙，却能悄无声息地穿过树林。尽管它只吃百合一类的食物，它却会变得非常彪悍。它会用头朝车辆撞。昨天，一只麇就去撞火车头。这一下，它可是受不了啦。"

"它撞死了？"

"是的，撞死了。不过，麇还多的是。你们只是对麇特别感兴趣吗？"

"目前是的，"哈尔说，"我们想活捉一只给动物园。"

"捉一只死的倒还容易一点儿。"

哈尔哈哈大笑："我想我不至于沿着铁路去捡麇的骨头吧？什么地方有活的麇？"

"肯奈湖一带是寻找麇的好地方。你们愿意的话，我可以跟你们一起去。"

"好极了。我名叫哈尔。这是罗杰，我的弟弟。"

"我是艾华克——半个因纽特人，半个蒙大拿人。"

旺尼根颠簸着驶过一条景色优美的路，奔向肯奈湖。确实，这儿有好几只大公麇，有些在岸边，有些在水里。有几只母麇跟它们在一起。它们比公麇小，而且没有角。也有小麇崽，还没有长出角来，机灵活泼，而且健壮。

"你们注意，"艾华克说，"那儿有一大圈草被踩倒了，麇几乎全在那个大圈内，那个圈就叫作麇场。在麇成群的地方，总有

29 麋和鼠

这样的麋场。那是麋的聚会场所,它们在那里集合,共度相会的好时光。它们不喜欢其他动物进入它们的俱乐部。"

"它们的角真是漂亮非凡!"哈尔说,"那角不像鹿角那样只朝上伸,它们从头顶朝两旁伸展——一副伸向右上方,一副伸向左上方。从上面看,每一副都像一只大鱼盘,或者说像只大汤碗。你怎样形容它们?"

艾华克说:"依我看,它们的样子像大铁铲。那对巨大的铲子可以盛东西。"

"盛什么东西?"罗杰问。

"灌木呀,树呀,草呀——所有它们想留着以后吃的东西。你们注意到没有,那个铲子四周有一道篱笆,可以把东西围住。"

"你是指那一圈刺吗?它们看上去很锋利很危险。"

"它们是麋的武器。一旦遇到敌人,麋就会低下头用那些刺把敌人刺死。你看,有些麋角上只有几根刺,也许是十来根,而另一些则会有40根,全都像钢针一样锋利。"

"为什么有那么大的区别?"罗杰问。

"这是大自然玩的把戏。"艾华克说,"两只麋不会长得完全一模一样,这就像人一样,两个人绝不完全相像。也就像女士会梳不同的发型,麋会有不同样式的角。"

"那些麋在湖里面干什么?"

"留神,你会看见它们在水面上消失。它们潜下去找水下的植物,然后用角把那些植物挖上来。那边有一只刚刚出水,它的两只盘子里装满了植物呢。等它要吃的时候,它会把植物抖到地上,再用长鼻子塞进嘴里。"

"瞧!"罗杰说,"一只灰熊,正朝麋场里走。"

"这可太无礼了。"艾华克说,"任何其他动物都不该闯进这个只属于麋的领地。该这家伙倒霉了。"

一只巨大的公麋遭到灰熊的袭击。灰熊是自以为是的家伙,总是想要制伏那些对它有所不恭的动物。这只灰熊用后脚立起来去咬麋的脖子,但它咬住的只是垂在麋喉头下的胡子。它啐了一口把胡子吐出来,又去咬麋的脖子。

灰熊能用后脚站起来,麋也能。麋站得笔直,用它的前脚连续狠揍灰熊的脸,就像一位拳击手挥动拳头一样。不过,麋那对硬得像石头的蹄子,比拳击手戴着手套的拳头要厉害得多。

侵犯麋私人领地的灰熊受到严厉的惩罚,它的脸顿时开了花,血肉模糊的。但它还要坚持。显然,得采取更严厉的措施来惩罚这坏蛋。麋低下头,用它角上那些致命的刺把它的敌人扎得遍体鳞伤。

那只冒失的灰熊也许还从来没有遇上过它征服不了的敌人,它狼狈地退却了,从麋场里爬了出来。

"我想,这正是我们想要的麋,"哈尔说,"它是所有的麋中最大的一只。"

艾华克咧嘴笑了:"你以为你能比那只灰熊干得好些吗?"

"是的,"哈尔说,"不过,用不着跟它搏斗。"

"这我倒想见识见识。"艾华克说,"也许你打算用你的套索吧?"

"不。"哈尔说,"在这种情况下,套索没有用,麋会把它挣断的。"

29 麋和鼠

"那么,你是打算用耐心和温和去说服它了?用那样的办法也好不了多少。"

"咱们走着瞧。"哈尔说,"罗杰,好好干,我也会尽力。"

他走到那神秘圈子附近的一个地方,他在那儿见过一个田鼠洞。哈尔把脚步放得很轻,不想惊动可能待在窝里的老鼠。他在那个洞旁躺下来等着。

与此同时,罗杰也在干着他的工作。他慢慢地走近那巨人似的麋。那麋早懂得枪是可怕的,但这位来访者没带枪。他手里没拿枪,也没有棍子,没有刀。这位群山的主人、伟大的麋,是不会从任何人或任何东西面前逃走的——只有枪是例外。

罗杰走近它,开始用温柔的语气跟它说话。这声音很友好,而说话的人只不过是个孩子,那么,有什么可害怕的呢?它任由这孩子轻轻拍它那粗壮的脖子。

哈尔拿着一只老鼠过来了,老鼠在他手里扭动着挣扎。他走得很慢,两手尽量张开,好让麋看清楚他没有带枪。然后,他非常非常轻柔地把老鼠放在麋的 30 多厘米长的鼻子上面。

老鼠的小眼睛在观察着麋,麋的巨眼盯着老鼠。

它们谁也不怕谁。巨兽只要把鼻子轻轻一放,老鼠就会掉进它嘴里被它一口吞掉。

它并没有这样做,这出于好几个原因。第一,老鼠太小,伤害不了它。第二,它从来不吃动物,它是一个严格的素食者,不吃肉。但主要的原因还是,从来没有一只这样友善的小老鼠来看望它,很显然,它喜欢这个小东西。

老鼠顺着麋的鼻子往上爬到角上,然后,在一个"汤盘"或

29 麋和鼠

者"铲子"或者你喜欢管它叫什么就是什么的东西里躺下。那"铲子"里还有一点儿叶子,碰巧是老鼠爱吃的,于是它大嚼起来,嚼得非常开心。这比在它地下的洞里好多了。

但老鼠永远不肯安安静静地待着。这小家伙发现了旺尼根。它从"铲子"里爬出来,爬下鼻子,掉在地上。它也有一个鼻子,不过与巨麋的鼻子相比,它那鼻子简直不值一提。尽管很小,老鼠的鼻子却很尖,它嗅到了兄弟俩留在旺尼根里的食物,于是钻进车里到处嗅。

巨麋站在那里,盯着旺尼根好长时间。看得出,它在等着它的小朋友出来。

小朋友不出来,于是,麋慢慢地走近旺尼根,往里头看。经过再三考虑,它爬进旺尼根。大篷车被它那成吨重的身体压得嘎吱嘎吱直响。

哈尔很轻很轻地把旺尼根尾部的滑动车门拉下来。趁着车门还没完全关拢,罗杰往车里塞了一大堆灌木,给那吃树木的家伙在去肯奈机场的路上当饭吃。

兄弟俩谢过艾华克的帮助,爬上司机室。司机室用一块隔板与麋和老鼠的厢房分开。他们驱车回到肯奈机场,做好把大力士麋运回长岛的安排后,第二天就飞回巴罗岬,回到他们忠实的南努克身边。

165

30

狂暴的飑

他们正在攀登城堡山,突然遇上了飑。

"恐怕我们非倒霉不可,"哈尔说,"飑来了。"

"飑是一种什么动物?"罗杰问。

"这不是什么野生动物,"哈尔说,"是一种狂烈的风暴,是飓风、台风和龙卷风全加在一块儿。它在阿留申群岛生成,当它横扫阿拉斯加时,房屋被吹倒,畜群也被涂炭。"

"听起来真有点儿不太妙,"罗杰说,"我们有什么办法对付它?"

"没有什么办法,只能争取活下来。幸好我们没把大帐篷带来,不然就吹没影了。我们带来的学生帐篷还好一些。"

"咱们赶快把它竖起来吧。"他的小弟弟说。

一般在登山的时候,只能带那些不得不带的东西。学生帐篷既小又轻便,只容得下他们带来的那条睡袋。只要你不怕像两条沙丁鱼那样挤着,那睡袋还是睡得下两个人的。

他们用大石头把帐篷固定在地上。那风肯定不会强劲到连40多千克一块的石头也刮得跑。

哈尔考虑得很周到,他让帐篷的后面顶着风。

"我们所能做的大概就这些了。"他说,"看见那些从西方滚滚而来的乌云吗?那就意味着强风。咱们进去吧。"

30 狂暴的雹

他们钻进小小的帐篷。哈尔把帐篷口的带子系牢了。

"你先进睡袋,"他说,"然后,我再使劲儿从你旁边挤进去。"

强劲的风以雷霆万钧之力吹着,小帐篷眨眼间被刮起来,往加拿大飘去。压在顶风一面的石头滚到睡袋上。

"哎哟!"罗杰大叫,"别压在我胸口上。"

"我没压在你的胸口上,"哈尔说,"那只是几块40多千克重的石头。"

"你干吗把它们堆在我身上呀?"

"是风干的,我没帮忙。别着急,风还会把它们吹走的。"

突然又一阵狂风吹来,把石头刮到空中吹走了,仿佛它们不是大石头,而是纸箱子。

"我猜接着我们就要被刮走了。"罗杰说。

"也许不会,我们比石头重。这些石头每块40多千克,我们两个的重量加起来是它的三倍。"

更糟糕的是,乌云带来了倾盆大雨。睡袋是防水的,兄弟俩把袋盖拉下来蒙住头。

"它想怎么下就怎么下吧,"哈尔说,"我们又暖和又舒服。"

但是,雨很快变成冰雹,雹子大得像最大的玻璃弹球。

"它们打得我透不过气儿来。"罗杰埋怨道。

"趴着睡,"哈尔说,"那样你的肺部可以受到保护。"要把身体的位置转成脸朝下并不容易。弟弟在睡袋里扭动时,哈尔被他的胳膊肘狠狠撞了几下,至于他自己,他的肋骨架子很结实,承受得了天上下来的子弹的连续撞击。他用手臂遮住脸。

风在尖啸,在怒吼,就像发了疯。

这一切还要持续多久?哈尔不知道飑的规律。席卷山谷和山坡,像成心要把人类所创造的一切毁掉。任何飞机在空中遇上飑都不可能幸免于难。飑会把它们刮到山上撞得粉碎。

他想,这猛烈的风暴不会持久。入夜前,它会逐渐平息,这样,他们就可以及时回到家睡上一个好觉了。

但飑毫无逐渐平息的意思。入夜后,飑刮得越发厉害,一直持续到黎明。

"我饿了。"罗杰说。

哈尔说:"恐怕你只好饿着了。我们什么吃的都没带,因为我们本来打算在巴罗村吃晚饭。"

罗杰生气了:"你真是个大笨蛋,什么吃的也不带。"

"好吧,"哈尔说,"我是大笨蛋。也许你是个小笨蛋,竟没想到带吃的。"

"我干吗要想到?你是老板。"

"有时候我觉得你是,"哈尔说,"你14岁了,已经到了该独立思考的年龄了。"

"要是我能把手伸出来,非把你的鼻子揍扁不可。"

哈尔哈哈大笑。"我们这是怎么啦?你和我从来不吵架,都是这场混账风暴把我们弄得心烦意乱,神经紧张。"

风刮着,雹打着,电闪雷鸣也来凑热闹。寒气袭人。狂暴的飑一刻不停地吹,兄弟俩两天两夜没吃一丁点儿东西。

风终于平息了,天空中旋转着的妖精歇了下来。兄弟俩从他们的"茧"中爬出来。他们几乎走不动了,因为他们的腿被挤压得太久,都僵硬了。他们的肚子也太空了。

风暴把他们来时的足迹全吹没了。天空仍然乌云密布,太阳也帮不了他们的忙。东西南北对他们来说已不复存在,他们完全迷失了方向。

罗杰乐观地预测说:"会有人来的。"但是没有人来。

"至少,我们得下山去,"哈尔说,"这一点我们还知道。"

"是的,从哪条路下?"城堡山只有1100多米高,他们正在山顶。不管从哪一条路都是下山,但除了一条外,其余都是错的。

有这么多错误的机会,难怪他们只能怀着遇到什么人的一线希望,跌跌撞撞地在岩石间乱闯。他们碰到一只熊,但熊什么也不能告诉他们,它甚至懒得去吃他们,因为它已经吃过了,而且这两个骨瘦如柴、饥肠辘辘的家伙看着也不像一顿好饭菜。

他们偶尔气喘吁吁地坐下来,想调节一下呼吸,恢复一下体力。哈尔但愿能抱起罗杰走,但像婴儿似的被人抱着一定会把弟弟气坏。再说,哈尔也实在太衰弱,没有力气抱起或背着近60千克重的罗杰。

后来,他们就看见了一间小屋!

"不管住在那里面的是什么人,"哈尔说,"都会帮助我们。我们可以在他的炉子旁边取暖,他甚至会给我们一点点东西吃。运气真不错!"

一层7~10厘米厚的半融化的冰雹覆盖着屋顶。小屋的墙用粗原木建造,非常牢固,所以没有被风暴摧毁。狂风只弄破了一扇窗户。

哈尔上前敲门,没人答应。他又使劲拍了几下,还是没有反应。罗杰冷得直发抖,他在台阶上坐了下来。

哈尔说:"住在这儿的人准是上城里去了。"

他望着罗杰心想:"我必须把他弄进去暖和暖和,不然,他会得肺炎的。"

他从那扇破窗户爬进屋,一些散落下来的玻璃片割伤了他,他跨上一张桌子,然后从桌子跳到地上。

能进入一间屋子,哪怕是这样小的一间屋子,是多么令人欣慰啊!

他大声喊,没有人回答。小屋里除了他以外,没别的人。

"从窗口进来吧,罗杰。屋里没人,门又锁得紧紧的。"

罗杰进屋了,像哈尔一样,他也被玻璃划伤了。他四处张望。"岂不妙哉!我们可以生个火,也许还能找到一点儿吃的。你说主人会介意吗?"

"我猜不会有什么主人,"哈尔说,"这屋完全空了。门实际上并没有锁,只是因为年代久远而被挤变形了。"他打了个冷战。"冷得像冰箱,连个炉子也没有。盘子没有,水壶、锅什么都没有。"

"好了,不管怎么说,目前这屋子是我们的。"罗杰说,"这是北方的规矩,不是吗?一间空屋子,人人都可以住。不是有这样的习惯吗?"

"对的,"哈尔说,"但这里面既没有食物又没有炉子,对我们没什么用。"

"那个角落里的马口铁罐是什么?一个摞一个的。那儿还有

30 狂暴的飑

一个像烟囱的东西从天花板通出去。我敢打赌，弄这玩意儿的人一定想生一炉火。咱们试试看。"

"我们得有柴火呀，"哈尔说，"这小屋里连根柴火棍都没有。"

"等一等，刚才我从窗户进来，是踩着一堆东西爬上来的。那堆东西完全被冰雹盖着，但我敢说那底下没准有些柴火。"罗杰说。

"真聪明，"哈尔说，"咱们来用力把门推开，它只是卡住了。"

他们两人一起合力朝门撞去，门砰的一声开了。

罗杰立刻朝那堆东西扑去，用戴手套的双手拍打着，拨开上面的冰雹。"嘿！这儿有三四方木柴呢，"他喊道，"你说主人是忘记了吗？"

"也许，但更有可能是主人故意把它留在那儿给后来想用这小屋的人。这儿的人是这样的。"

他们搬了些柴火进屋，哈尔用他的小折刀削了点儿刨花，然后把刨花放进那只样子很笨的马口铁炉子，上头放上柴棒。当火熊熊燃烧起来温暖了屋子时，哈尔禁不住赞美这马口铁炉子。

即使从这炉子只感到一点点暖意也很舒服，他们开始觉得自己又恢复了人的常态。罗杰僵硬的关节松弛了。

"现在，有一点儿吃的就好了，我说什么地方准有点儿什么留下来，最后到这屋里来的人既然留下了柴火，他们肯定会留下点儿吃的。"

"那，"哈尔说，"你愿意的话可以找找，我得去把那扇窗补上。有扇破窗，屋里暖不起来。"

"那窗没法补，"罗杰说，"屋里一块毛巾、一件旧衣服或者一块木板都没有，拿什么东西补？"

当罗杰四处搜索食物时，哈尔走到屋外。他面前是一项几乎不可能完成的任务，如果下过雪，他可以砌一块雪砖，用它堵住破窗洞，可惜没有雪。地上有的是冻在一起的冰雹形成的厚厚的平冰板。他用刀割下一块雹制冰，安在窗户的破洞上。

干完后，他进屋，指望罗杰会为他的成功祝贺他。但罗杰却说："那样没有用。炉子的热气会使它融化掉。"

"它倒想这样干，"哈尔说，"但屋外的寒风可不会让冰融化。在格陵兰，我们见过冰做的窗户，它们可以用几个月。屋里也有火，但屋外的严寒比屋里的暖气更厉害。"

"我敢打赌你的窗户非融化不可，"罗杰说，"然后，这屋里头就会冷得跟格陵兰一样。"

但窗户没有融化，而那只马口铁炉子也释放出足以使他们感到舒适的热量。

"我找到了一点儿食物。"罗杰说。

"真的？太好了。你总算不是个大笨蛋，什么样的食物？"

"牛肉干，葡萄干，一些放了很久的面包，还有一罐冻得硬邦邦的牛奶。您想用点儿什么？您的牛奶要硬的还是软的？"

"如果可能，请来点儿软的吧。"

"好的，先生，"罗杰说，"我把牛奶放在炉子上，这样你不但能喝上解冻的软奶，而且能喝上热牛奶了。你还能想象出比这更奢侈的享受吗？"

30 狂暴的飑

吃完后,哈尔有滋有味地咂吧着嘴说:"在纽约最好的餐厅也吃不上这么好的东西。"

第二天早上,太阳出来了。他们知道那条下山的路在北面,顺着这条路,他们下到山底的河边。看不见有桥,不过河里几乎没有水。

"我们得走过去,"哈尔说,"只不过湿点儿脚罢了。"

哈尔刚走第二步,他的右腿就突然完全陷了进去。另一条腿也跟着下陷。他吓坏了,他突然意识到死神就在面前。

"待在原处别动。"他高声朝罗杰喊。

"是怎么回事?"

"流沙!"

他用尽可能想到的办法试图把脚抽出来,但一只脚也抽不出来。每时每刻他都在往下陷。罗杰想走过去救他。"待在原地,"哈尔厉声道,"你想两个人都陷在这儿吗?"

沙已经没到他的腰部,他痛苦地扭动着。浸透了冰水的沙寒冷彻骨。

"躺下!"罗杰喊道。

在哈尔看来说这话真可笑。他干吗要躺下?嗯,当然,他一躺下,身体就会大面积压在沙面上,他就可能不会陷得这么快。值得一试。他平躺在沙上,努力把脚拔出来。他已累得半死不活。又冷又筋疲力尽,但他仍然继续挣扎,直到整个身体包括双脚都平摊在沙面上为止。

接着,他开始一寸寸地朝岸上挪。再最后挣扎一下,他终于踏上坚硬的地面。他躺在岸上,艰难地大口呼吸着,他的心脏像杵锤似的咚咚直跳。他的衣服湿透了，很沉重，他的驯鹿皮靴子里灌满了沙子和水。他觉得自己一寸都走不动了。

罗杰跪下来，用双手捧起哈尔的头。

"别着急，"他说，"在这儿休息跟在别的地方一样。"因为跪在沙和水里，他全身脏得跟哥哥一样。

哈尔歇了半个钟头，然后站起来，摇摇晃晃地跟弟弟一起去找桥，找到桥时，天几乎全黑了。

刚过了桥，一辆和他们同方向的车在他们面前停下来。那位因纽特司机已经看出来这两个步履踉跄、全身沾满沙子、湿得像落汤鸡似的家伙极需要帮助。

"上什么地方去？"他问。

"巴罗村。"哈尔回答。

"跳上来吧，"因纽特人说，"如果还跳得动的话。"

"几乎跳不动了。"哈尔大笑着说。他用剩下的一点点力气爬进车厢。

到了巴罗村，他衷心感谢那位好心肠的因纽特司机，然后由罗杰扶着，摇摇晃晃地回到他们的住处。店主正好站在门口。他认不出是哈尔，于是厉声说："这是一个高尚体面的地方，叫花子不准进。"

罗杰说："你不认得我们了吗？我们是亨特兄弟呀。"

"噢哟，一千个对不起。"他把两个全身发臭、湿漉漉、脏兮兮的"叫花子"让进他的高贵的住宅，那住宅其实几乎跟这对"叫花子"一样脏。

31 麋鹿管弦乐队

父亲又拍来了电报：

你们干得很好。我们现在需要的是阿拉斯加麋鹿、白灰熊和科迪亚克巨熊。

哈尔到机场，把电报给他的飞行员朋友本·布尔特看。

"要找到这些动物，"本说，"最好的地方是下头那一片叫作万烟谷的美丽的田野。"

"我听说过，"哈尔说，"在那个地方，有一座火山爆发，喷得到处都是烟云和有毒气体。"

"那是历史上最大的两次火山爆发之一，"本说，"另一次是克拉克图瓦火山爆发。"

"那儿不是仍然很危险吗？"

"也许是。不过，危险从来也挡不住你们。"

"我们在哪儿能找到麋鹿？"

"在离那儿很近的地方。"本说，"麋鹿大都在艾弗格纳克岛上，从火山区过了海峡就是。我不能载你们到那儿，因为那儿没有机场，但我可以载你们飞到火山区，然后你们弄条船到艾弗格纳克岛去。几乎紧挨着这个岛的另一个岛，叫作科迪亚克。就在科迪亚克岛上，你们会找到天地间最大、最有力气的科迪亚克巨熊。我无法想象你们怎么能抓住那凶残的家伙。不过，那就是你们的事了。"

"那么灰熊呢?"

"灰熊你们差不多在任何地方都找得到。也许,它们会找到你们。它们对于所有两条腿的动物,就像你和你弟弟,都怀有深深的怨恨和敌意。"

哈尔说:"我父亲要我们捕一只白灰熊,我原以为所有灰熊都是灰色的。"

"大部分是的,"本说,"不过,我想你父亲指的是银尖熊。"

"银尖熊究竟是什么?"

"它每根毛的顶尖都是银白色的,看上去就像那熊身上披了件白大衣。银尖熊是一种很危险的动物,它很漂亮,但它心底里却藏着一只恶魔。我看你们最好带上枪。"

哈尔哈哈大笑:"我想,要是逮一只死灰熊,爸爸是不会感谢我们的。"

"好吧,那是你们操心的事。"本说,"你们什么时候可以做好动身的准备?"

"明天上午,8点钟。这时间对你合适吗?"

"很好,我会做好准备的。"

第二天早上吃过早饭,哈尔给店主付房钱。店主说:"我猜你们又要去捕捉动物,我可以给你们一点儿忠告。我能告诉你们到哪儿去找野兔、土拨鼠、箭猪和臭鼬。"

"太感谢了。"哈尔说,"但对付这么凶猛的动物我们害怕。你知道什么动物不咬人吗?"

"有啊。"店主说,"壁虎、癞蛤蟆,还有青蛙。"

31 麋鹿管弦乐队

哈尔说:"你给我们提供了很有价值的情报,我们这就去寻找一些壁虎、癞蛤蟆和青蛙。你肯定它们不会咬人吗?"

"我倒从来没碰过它们。还是这个办法最妙——别惹它们,那样,它们就不会伤害你。"

店主永远不会怀疑哈尔在捉弄他。罗杰听了以后哈哈大笑。"好哇,"他说,"我们现在就去进攻那些癞蛤蟆和青蛙吧!"

跟以前几次飞行一样,从成百上千的刺破青天的雪峰上飞过令人兴奋不已。南努克喜欢坐飞机,它一点儿也不紧张,因为和它所爱的两个人类朋友一起旅行,他们会照顾它,它也会照顾他们。

他们刚躲过一座山峰,跟着又是另外一座。不知道哪一刻他们会跟那些坚硬、高耸的岩石相撞,这使他们紧张得有点儿透不过气来。通常,本总是轻松地从这些山峰上面飞过,但是,飞机上载着半吨重的北极熊,要想轻松地飞行可就不那么容易了。

前面的烟告诉他们,离万烟谷越来越近了。马丁火山正往空中喷射着 300 多米高的白气团。他们飞过巨大的卡塔迈火山。1912 年的一次火山爆发使大半个地球表面都布满雾霾,这应归咎于卡塔迈火山。这次火山喷发的影响波及欧洲、北美、亚洲和北非,落在离卡塔迈山 160 千米远的科迪亚克岛上的火山灰竟有 30 多厘米厚。

强烈的地震使地面裂开,大量炽热火红的岩浆从裂缝中流出,奔泻 20 多千米。所到之处,一切都被它吞噬。滚烫的蒸汽从裂缝喷射出来,碰巧走近那儿的人全都被烤焦。万烟谷就是这样诞生的。

飞机下的卡塔迈火山口宽近 13 千米。哈尔他们本来以为火山口的底部会有火,然而相反,火山口底部是一个湖。

万烟谷的"烟"已经减少了很多,但现在至少还留有 1000 缕烟。飞机在万烟谷降落。飞过一道火柱时,飞机翅膀烤焦了一点儿。如果那火碰着油箱,飞机就会爆炸。那么一来,亨特兄弟的探险生涯就会永远结束。

参观过那些火山喷气孔——那些火红的蒸汽喷口——以后,他们往回飞了五六千米,到达格罗夫纳营地。这个营地以美国国家地理学会会长的名字命名,该地理学会以前曾考察过这个地区。

营地旁边是格罗夫纳湖,湖的四周全是高耸的火山,仍在喷火的卡盖亚克、格里格斯、梅吉克,熊熊燃烧着的马丁,此外还有许多火山,全都高达 1600 多米。

格罗夫纳营地的管理人热情欢迎兄弟俩和他们的熊。哈尔跟他谈起火山大爆发。

"火山爆发时我在这儿,"管理人说,"当然,那时我还是个年轻人,几乎被吓个半死。大白天,天就黑得像半夜。大地在震动,火从火山口喷射出来,热灰把房子埋了 1 米多深,不过一个人也没死。维苏威火山埋葬了一整座城市,这儿没发生那样的悲剧,因为这儿没有城市。"

兄弟俩花了一天时间考察那山谷。甚至在没有热气喷射上来的地方,地面都热得不能坐。每隔一阵,地下就传来一阵震撼大地的隆隆声。他们穿过深深的沟壑,先下到 10 多米深的沟底,然后再爬上 10 多米高的另一边沟沿,这样上上下下十分费劲。

31 麋鹿管弦乐队

每走一步,他们都踩在没踝骨的热沙里。每时每刻,他们的脚步都可能引起灼热的沙崩塌,把他们一起带到地底下去。南努克的麻烦要少一点儿,它那带爪的大脚能踩透沙子,抓住沙子下面的石头。爬那些滑坡时,它毫不费力。兄弟俩发现,要想站起来,最好的办法是拉住南努克。

走在平坦的地方,地面还是这么烫,烫得几乎烧穿他们的驯鹿皮靴的靴底。

他们随身带了一罐吃的,已经凉了。他们往罐子上系了根绳子,把罐子吊到一个喷气孔上。几分钟后拉上来,罐子里的食物已经滚烫。不管你走到哪儿,都有一个炉子等着你,这是多么方便啊!

想喝冷饮也不难。只要把被太阳晒暖的瓶子放到由山上流下来的冰河里,几分钟后,饮料就凉得像加了冰块儿。

然而,这种有趣迷人的经历并不能帮他们捕到麋鹿。第二天早上,他们步行经过拉哥斯山到达哈洛湾。在那儿,他们登上一艘渡轮,穿过谢利科夫海峡,到达艾弗格纳克岛。

雾很浓。罗杰说:"这岛的名字起得好——一团雾[①]。这儿总是这么雾蒙蒙的吗?"

"这一带海岸经常下雾。"

他们看不见麋鹿,但突然听到麋鹿的叫声。这是麋鹿管弦乐队的合奏——军号、小号、长号、萨克斯管一起奏响,还有大号

[①] 艾弗格纳克岛(Afognak)的艾弗格(Afog),英文意思是一团雾。——译者注

深沉的轰鸣。

哈尔想起西奥多·罗斯福说过的:"稍许离远一点儿听,这是大自然最庄严美丽的声音。"

他说得对,麋鹿的歌声令人终生难忘。

哈尔说:"单是为了它的歌声,任何动物园得到一只麋鹿都会高兴得要命。"

"我们干吗非要大老远来到这儿找麋鹿呢?"罗杰问。

"阿拉斯加以前曾经有过很多麋鹿,但为了得到它们的两颗上牙,印第安人捕杀了它们。"

"老天,他们到底要那些牙齿干什么?"

"用来做装饰品装饰他们的衣裳,他们认为麋鹿的牙齿是驱邪的护身符。一个印第安酋长在他的长袍上缝了50颗麋鹿牙,他认为这样自己就受到了很好的保护。为了这些牙齿,成千上万只麋鹿遭到屠杀,它们的尸体则被丢弃在荒野慢慢腐烂。艾弗格纳克岛与陆地隔绝,人们很难到达,这儿的麋鹿才得以生息繁衍。"

罗杰说:"既然只有这么少的麋鹿存活下来,我真不忍心从它们中间再抓走一只。"

"但把它们抓走实际上正是为了让它们能活下去。"哈尔说,"在动物园里,远离那些为了得到护身符而捕杀它们的人,麋鹿可以安安静静地生养它们的小宝宝,它们将不再属于濒临灭绝的物种。我是说,它们的命运不会同许多别的已经从地球上消失的宝贵动物一样。"

罗杰说:"我听那驾驶员说,这些是罗斯福麋鹿。它们为什

31 麋鹿管弦乐队

么叫这名字?"

"因为西奥多·罗斯福对它们和它们演奏的美妙音乐表现出极大的兴趣。它们同时又是全世界麋鹿中最巨大的。为了纪念一位伟大的总统,它们被命名为罗斯福麋鹿。"

雾散开了一点点,哈尔他们看得见那管弦乐队了。那场面壮观极了。100余只那种巨大的动物向后仰着头,朝天空奏出它们的音乐。它们那美妙绝伦的角几乎碰到自己的脊背。

这时,来了一个男人。他大步走上前,质问兄弟俩,说道:"你们想干什么?"

"这跟你有关系吗?"

"当然有。我在这儿是保护这些动物的,这儿不需要猎取护身符的人。"

"你搞错了,"哈尔说,"我们不是猎取护身符的人,我们根本就不相信护身符能避开魔鬼的目光。"

"嘴上说得好听,"麋鹿守护人说,"我见过很多像你们这样的人。你们的目的就是要杀害一只麋鹿,然后一片片地割下它的皮毛,取下它的牙齿卖给印第安人。你们这种人我见多了。走开,离开这个岛,这儿不准捕杀动物。"

"我们能用什么去捕杀麋鹿呢?你看得到的,我们没带步枪。我有一把折叠小刀——就这么多,我弟弟甚至连这样的小刀也没有。我想起来了,他有一把削笔刀。你认为我们能用一把削笔刀杀死一只麋鹿吗?"

"那,你们到这儿来干什么?"

"来听音乐呀。同时,我们想活捉一只麋鹿给动物园。我们姓亨特。你读报纸吗?"

"我当然读报纸,你以为我是文盲吗?看来我得向你们道歉。"他第一次露出了笑容,"这么说你们就是我们在报上读到的那两个小伙子喽?我还是不明白,你们打算怎样用一把削笔刀去逮住麋鹿。"

"你们这岛上有多少麋鹿?"

"只有300只左右,而且每天都损失几只。"

"你这是什么意思?怎么会损失呢?"

"有的落到偷猎者的手中,还有的在那些该诅咒的狼呀、狼獾呀,还有熊的口中丧命。要是在动物园里,它们就安全多了。你们想要,那就带走一只吧,只是我不知道你们打算怎么带走它们。"

"我们会有办法的。"哈尔说。

"好啦,我该继续巡逻了。"守护人说,"祝你们好运。"

现在,只剩下小兄弟俩自己了,他们为怎么干这个问题大伤脑筋。哈尔带了一根套索,但力大无比的麋鹿会像挣断一根线绳一样把套索挣断。

"用麻醉枪怎么样?"罗杰说。

"麻醉枪当然能使麋鹿沉睡,可然后呢?我们到底怎样才能把它运到码头,放到船上去?它会那样躺着直到醒来,而我们则一事无成。我们抬不走它。这样的公麋鹿,一只至少有360千克重,何况它的身长在2.5米以上。"

"我们要是有一架直升机,"罗杰说,"就可以把它吊起来,飞过海峡,一直送到万烟谷去。"

31 麋鹿管弦乐队

哈尔摸摸口袋里面:"我有一条手帕,还有一点点钱,但是,见鬼,我怎么没有直升机。"

正在这时,解答他们难题的答案出现了。那是一个黑色的、毛茸茸的球状东西,球上两只亮晶晶的眼睛正盯着他们。

"狼獾!"哈尔惊喜地叫起来。

狼獾跳到一只大牡麋鹿背上,用爪子紧紧抓住麋鹿的后背。这只长着乱蓬蓬粗毛的小东西发出一股恶臭,那是浓烈的麝香气味。罗杰捏住鼻子。

"这就是为什么人们把它叫作'臭鼬熊'。"哈尔说。

这只臭鼬熊用它那双红红的大眼睛紧盯着兄弟俩,仿佛在笑他们不敢做他们想做的事情。

"它会把麋鹿弄死的。"哈尔说,"狼獾把别的动物弄死仅仅是为了好玩而已。"

狼獾朝这两个人嗥叫,嗥叫声逐渐变成比熊吼还厉害的咆哮。狼獾体形很小,身长不到1米,但它的可怕的力气和骇人的残暴在整个阿拉斯加是出了名的。看着这只凶残的野兽,兄弟俩一时不知道怎么办才好。

且慢,用套索怎么样?套索对麋鹿不起作用,但对付臭鼬熊可能会很有效。

哈尔抛出套索,套住狼獾的脖子。兄弟俩用尽全身力气拉住绳子。狼獾的爪子在饱受折磨的麋鹿身上抓得更深。这一下,那伟大的军号手不再吹号,它竭力要用自己的角把敌人从背上扫掉。但狼獾显然已经防着这一手,它蹲的位置离麋鹿的头很远,靠近麋鹿的臀部,使麋角够不着它。等麋鹿因剧痛而变得虚弱无力时,狼獾就会爬到前面,用尖利的爪子钩住麋鹿的脖子,使它窒息而死。

但是,狼獾自己的脖子上现在也套着个东西。它不喜欢这玩意儿,拼命要摆脱它。兄弟俩没法把狼獾从麋鹿身上拉下来。这时,又来了一只牡麋鹿。罗杰突然来了灵感。他把套索的另一头绾了一个套圈,抛出去套住那只刚到的牡麋鹿角上,然后往麋鹿的臀部猛击一掌。牡麋鹿纵身跳开,一下就把另一只麋鹿背上的狼獾拉下来了。哈尔同时轻轻放掉了套绳。

狼獾凶残的爪子把麋鹿的背抓得伤痕累累,那饱受摧残的动物伤口在流血。哈尔把手伸进口袋,摸到手绢和钱以外的另一样东西,那是一管抗菌药膏。他掏出药膏,给受伤的麋鹿进行治疗。那聪明的动物一动不动地站着,它知道谁是朋友。再说,它也太虚弱,不能飞快跑开。

"咱们动身朝码头走,看它会不会跟着来。"哈尔说。

麋鹿真的跟着他们,慢慢地跟着。它痛得直颤抖,还不断地东张西望,警惕着别的可能伤害它的动物。跟这两个救过它命的人在一起,它会平安无事的。

它跟他们一起走下码头,跟着他们上了开往万烟谷的渡轮,一直来到格罗夫纳营地。营地的管理员是个爱动物的人,他热情地接待了这个四条腿的客人,在牲口棚里给它一个单独的厩,厩里放了很多它最爱吃的饲料。只等一有货机,就把它运往南方。

在这段时间里,它开始吹号。起初声音很弱,但不久,它就吹奏出罗斯福总统所说的"自然界最庄严美丽的声音"。

32 可怕的灰熊

可怕的灰熊

"在拉丁语里,"哈尔说,"它叫作'可怕的熊'。现在,我们就去逮这样一只灰熊。"

他们乘直升机去搜索。驾驶员本·布尔特同意把兄弟俩和他们的南努克载往科迪亚克岛,然后一直跟他们待在一起直到他们抓到灰熊为止。

"这的确是一种新的狩猎法,"本说,"它有它的优点。靠步行,可能得花好几个星期。坐飞机,我们可能一天左右就能碰上一只。人们说要猎灰熊最好去格雷巴克山,我们就围着格雷巴克山转,上下搜索,直到发现目标为止。然后,我们就着陆,一下把它抓住。"

事情可没有本想象的那么简单。他们绕着那座山转了一整天,什么也没有发现。黄昏时分,他们降落在山顶搭起帐篷。

"但愿明天运气会好一点儿。"本说。

不等第二天,他们"好一点儿的运气"就来了。刚过半夜,罗杰听到帐篷外面有哼哼的喷鼻息声。他用肘轻轻捅了捅哈尔:"醒醒!你的灰熊来了。"

哈尔一跃而起,一把抓起裤子,匆忙之中,两条腿一起穿进了一条裤筒里。他并着腿跳出帐篷,一跤绊倒在灰熊身上。灰熊吓了一跳,用它那四条腿要多快有多快地逃走了。

185

本被吵醒了。"怎么回事?"他问。

"没什么事,"哈尔说,"只不过活动活动筋骨。"

"三更半夜活动筋骨?"本摁亮他的手电,"哎呀!熊把你的一条腿拖跑了。"

罗杰放声大笑,哈尔也边笑边把腿抽出来,钻回他的睡袋里去。本又睡着了,他梦见他的朋友哈尔拄着拐杖走路,他的一条腿没有了。

吃早饭时,哈尔只字不提他在"可怕的灰熊"身上栽跟头的事。

本大谈灰熊。

"不管在什么地方,只要碰上一只,你就活不成了。灰熊的脾气坏得可怕,只有一种熊比它凶狠,那就是科迪亚克熊。你们的爸爸想要一只白灰熊。白灰熊几乎已经绝迹了,但在这儿还有一些。灰熊驼背,长着一张朝里凹的脸。阿拉斯加大约只剩下1万只灰熊,但很少有白的。幼熊很像小男孩,直到10岁它们才长足个头。一只雄灰熊可重达360千克,比体重大约只有180千克的黑熊重多了。你们爸爸当然不会想要黑熊,因为黑熊南方多的是。一些黑熊能干的事灰熊却干不了。黑熊会爬树,灰熊身体太笨重,干不了那一类事。"

"灰熊吃什么?"罗杰问。

"它吃你——要是熊把你抓到的话。要是抓不到你,它就吃金花松鼠、老鼠、土拨鼠、金花地鼠,还有其他松鼠。"

"它跑得快吗?"

"每小时40多千米,然后,它就累了。"

32 可怕的灰熊

整个上午,他们都在格雷巴克周围飞。他们看见了松鼠和土拨鼠,但没有灰熊。将近中午的时候,他们发现一块巨大的白石头——至少,那东西的样子像块大石头,本却对此很怀疑。他将直升机停在"石头"上方15米左右的半空中。那"石头"用四只脚站起来,仰起它那张内陷的脸,以便能看到它上头的这只奇怪的鸟。

"好家伙,是咱们的宝贝。"本说,"它的脸很丑,但它那雪白的身子却很漂亮,值得一看。"

"可我们怎么捉得住它呢?"

"我放一张网下去,"本说,"网会平摊在地上。也许,它会自己走进网里,然后,我们就把它拉上来。"

"你怎么能把360多千克重的大家伙拉上来?"哈尔问。

"不是用手拉,"本说,"用机器。我们有一部卷扬机。"

白灰熊丝毫没有露出想要走进网内的愿望。他们耐心地等了很久,但没有用。

"得有个人下去把它引进网里。"本说,"我离不开飞机,这样,就该你们俩当中下去一个了。"

不等哈尔开口,罗杰就抢着说话了。这是一次冒险,而罗杰渴望冒险。

"我爬绳下去。"他说。

"等一下。"本说。他把直升机往旁边开了七八米,好让罗杰不至于直接落在熊的身上。

罗杰倒换着手顺着绳子往下爬,到达地面时,白灰熊凶狠地嗥叫着迎接他。罗杰选了个能使网在他和熊之间的位置。他仍然抓住绳子不放，这样，随时都可以爬回去。

白灰熊朝他移过来，轻声嗥叫着。它饿了，而这儿正有一顿美餐在等着它。白灰熊走到了网当中。

罗杰爬绳子很有经验，他往上爬了大约4米。"好啦，"他大叫，"拉吧。"于是，网紧紧套住了白灰熊吊起来，直朝直升机升上去。

罗杰先上了飞机。本关掉卷扬机，他可不想跟可怕的白灰熊一起待在飞机座舱里。

他改变方向，直升机朝机场飞去。装着白灰熊的网吊在飞机下方6米左右的地方，像摇篮似的荡来荡去。

到达机场上空了，本寻找一辆顶部开着舱口的货车。找到后，他把直升机停在半空，正对着货车顶部舱口，然后把装着熊的网放进货车里。熊爬出网，网被拉上去，收回到直升机里。

使命完成了。

直升机着陆了。哈尔到办事处去安排托运货车。货车被牢牢地固定在一架运输机的舱位上。货机将飞越加拿大和美国，飞到某一个指定的动物场。在那儿，这只可怕的白灰熊将受到约翰·亨特衷心热烈的欢迎。

33 世界最大的熊

"现在我们只要抓到一只科迪亚克熊就圆满完成任务了。"哈尔说,他正在跟科迪亚克军港的一位上校说话。

上校回答说:"你们要是去惹科迪亚克熊,那就确实完了。没有人去惹它时,科迪亚克熊十分温和文静。但你要是去打扰它,你可就要后悔了。也许,倒不如说你不会后悔。你已经死了,毫无知觉了,还后悔什么?"

"恐怕我们别无选择。"哈尔说,"我们的父亲是一位动物收藏家,专门为动物园提供野生动物,他要我们逮一只科迪亚克熊。他要求我们逮什么动物,我们还从来没有令他失望过。"

"也许是,但你们从来没有试过去抓世界最大的熊。"

"真的是世界最大的吗?"

"真的,我来给你们讲讲阿拉斯加的熊吧。雄蓝熊体重90千克;黑熊,180多千克;灰熊,360多千克;北极熊,450多千克;科迪亚克熊,900多千克。我说的是平均体重,有些科迪亚克熊只有680千克,而有些重达1360多千克。不过,科迪亚克熊的平均体重就是900多千克——这个数是地球上任何别的熊的两倍以上。它不仅是世界最大的熊,而且厉害之极。"

"但你说它很温和文静。"

"没人惹它时,是这样的。但就在军港后面那座小山丘上,有一只狂怒的科迪亚克熊,它随时会把你的头咬下来。"

"为什么?"

"一个猎人把它的配偶给枪杀了,接着,又有人偷走了它的两只熊崽。那大家伙就变得非常狂暴,它随时都会吃掉任何靠近它的人和动物。现在,它简直就是一大团怒火,见人就烧。凡是它咬得到的人,它都要咬死他。"

一个没穿制服的年轻人一直在旁边听,这时,他打断上校的话:"嘿,伙计!它需要的是一颗从我这支枪里射出的子弹。我可以跟你们一起去吗?"

"不用,谢谢。"哈尔说。

"可你们阻止不了我。"

"是的,我确实阻止不了你。不过,你要是给咬死了,可别指望我帮你收尸。"

在山脚,大路分成两条岔路。他们该走哪一条?哈尔叩响了一幢农舍的房门,一个乖戾粗暴的家伙把门打开,粗声粗气地说:

"你们要干什么?"

"上山顶该走哪条路?"

"左边那条。"农场主怒气冲冲地说,"可别上那儿去。"

哈尔说:"我们听说了那只失去伴侣和孩子的熊,它在这儿造成过什么危害吗?"

"咬死了我的20头牲口。"农场主粗鲁地说。

"你知道是谁偷了它的孩子吗?"

农场主脸红了:"这我怎么会知道?我孤零零地住在这儿,

33 世界最大的熊

对尘世的事不闻不问,我喜欢这样。我可不能站在这儿为三个小子浪费时间,我已经告诉过你们该走哪条路。现在,你们走吧,我忙得很。"

就在房门刚要砰的一声关上时,孩子们听见屋里传来一种微弱的声音。

他们踏上左边那条路时,罗杰说:"你听见了吗?他说他一个人住在这儿。那么,那声音是什么东西发出的呢?"

"也许是猫。"哈尔说,但他很怀疑。

孩子们沿着泥泞的路爬上莎拉亭山。莎拉亭是这座山在地图上的名称,而上校把它叫作小山丘。嗯,也许它比小山丘高一点儿,但还算不上是一座大山,因为它的海拔高度才不到900米。

带枪的那个小伙子跟着他们,他说,他名叫马克。

哈尔一直希望爬这陡坡会把马克累坏,那样,他就会转身回家。

"你们遇上危难时,我会保护你们。"马克说。

"我们最不需要的就是你的保护。"哈尔说,"你要是用那支枪,我就把你一脚踢到山下去。"

"要是不用它,带枪来干吗?"

"去打豪猪吧,金花鼠也行。"哈尔建议道,"你要是还珍惜你那条命,就别去惹那只熊。"

"看!"罗杰大喊,"这儿,就在路边。"

他捡起一块牙床骨,说道:"有动物在这儿被咬死了。"

哈尔仔细地看了一下那块牙床骨:"这不是什么动物,是人的牙床骨。"

果真，在不远处有一个头盖骨，那毫无疑问是人的头盖骨。他们找到了尸体，那手腕上戴着手表。

马克把表摘下来。"我要把它带走，"他说，"谁找到就该谁得。"

"不对。"哈尔说，"要是你找到的是属于别人的东西，你就没有权利占有它。"

"可这表对他再也没用了。"

"他家里人很可能会来找他，他身上所有的东西都属于他们。"

马克一边嘟哝，一边把手表套回死人的腕上。尸体上溅满血污，在血迹上哈尔看到有棕色的毛。

"现在我们知道是怎么回事儿了。"哈尔说，"这个人是那只失去伴侣和孩子的狂怒的熊咬死的。"

"你是怎么判断出来的？"罗杰问。

"这些毛是棕熊身上掉下来的，那是科迪亚克熊。一般的科迪亚克熊性情太温驯，除非有足够的理由，否则不会伤害人。这是我们正在寻找的那只熊干的。"

稍远一点儿，有棵树被连根拔起，树的叶子仍然翠绿，这儿也有棕色的毛发说明发生了什么事。接着，他们发现了一具黑熊的残骸。黑熊已经被吃掉了一些。又是棕色毛发。

一间小屋被彻底摧毁。某种强大得可怕的力量捣毁了墙，屋顶塌了下来。一个女人站在小屋的废墟前抽泣。

"这熊一向很乖，"女人说，"不管男人、女人、孩子，都不伤害。可现在，它是中了邪了，它真是发狂了。"

他们又看见一个帐篷。帐篷显然没受到攻击。但朝里看时，

33 世界最大的熊

他们发现地上躺着一个人。哈尔摸了摸他的脉搏——他死了。

他们发现了一间小屋,一间很久以后都不能住人的小屋。窗子全都破了,屋顶也掀下来了,床铺毁了,铁皮炉子砸扁了,地板上到处都是豆子、米、面粉和咖啡。

快到山顶时,他们找到了那只熊。它正枕着死去伴侣的尸体睡觉。据说,动物是不懂得爱情的,可眼前的情景深深打动了哈尔他们,因为它显示出一只动物对另一只动物会有多么深的爱。哈尔和罗杰都长大了,不好意思哭,但泪水却涌上了他们的眼眶。

马克的感受却不一样,他打算杀死这只巨兽。他抬脚踩住熊,随即开了枪。谁料子弹刚巧打穿他自己的脚,马克顿时哀号声震天。

那科迪亚克熊纹丝不动,子弹根本穿不透它的厚皮。因为伴侣的去世,它完全沉浸在悲哀中,没有留意孩子们。过一会儿,它会去收拾他们的。

哈尔真想狠狠地揍马克一顿,可他不但没有这样做,反而去照看马克那受伤的脚。幸好子弹只穿透了他那只脚上肉多的部分,没伤着骨头,毕竟那是一颗从 5 毫米小口径枪打出的子弹,很小。

"别杀猪似的号,"哈尔对马克说,"你伤得并不重。"

兄弟俩搭起自己的帐篷。天快黑了,他们希望那只熊一直待在老地方,直到天亮。马克跟他们一起挤进帐篷。他没有睡袋,不过那个夜晚不冷。

半夜时分,马克听到帐篷外面沙沙作响,准是那只熊。他伸手抓起他非常信赖的那支玩具似的枪,准备做一位英雄,他要把那两兄弟从注定的死亡中拯救出来。

他把帐篷打开一道刚好够伸出枪口的缝，然后开枪。他什么也看不见，直到早晨他才知道，他打死的不是那只熊，而是一只山羊。

枪声惊醒了哈尔，他说："你要是再开一枪，我就没收你那支枪。"

马克确实又开了一枪。天蒙蒙亮时，他壮着胆子走出帐篷，手里拿着他的宝贝枪。这一次，他真的看到了那只熊，错不了，正是那只熊。要是他能一枪把这巨兽打死，以后他就可以跟别人大吹特吹了。

他开了枪。那颗小小的子弹没有穿透巨熊那厚得可怕的皮，科迪亚克熊的皮有弹性。子弹反弹起来，再一飞，正打中马克的下巴。

哈尔跳起来，一把夺过那支枪，在膝盖上把它折断了。

马克在呜呜地哭。光是打穿了脚就够他受的了，就更别说打歪了下巴。

山顶上有个小村庄，住着不到100人。吃过早饭，哈尔到村里去找人帮助那个浑身枪伤的年轻人。他走进那个只有一个房间的小邮局。邮局里只有一个工作人员——老邮政局局长。

"我们出了点儿事故，"哈尔说，"村里有医生吗？"

"没医生，住得最近的医生是山下海军基地的那位外科大夫。"

哈尔说："一个傻瓜男孩把自己给炸得一塌糊涂，他需要大夫。"

33 世界最大的熊

"我带他下去,"邮政局局长说,"我反正得下去取邮件。"

"太谢谢了,"哈尔说,"你真是太好了。"

他坐下来写了张便条。条子是写给山姆·哈克尼斯上校的,上面写道:"兹送上男孩一名,他在企图枪杀科迪亚克熊时两次打伤自己。在他尚未干出更多蠢事之前,请海军大夫给他治疗,然后送他回家。一切费用由我支付。"最后,他签上名:"哈尔·亨特。"

就这样,马克被送往海军基地。哈尔只是希望永远也不会再见到他。

哈尔到警察局去。小村庄只有一名警察。

"您可不可以跟我们一起下山,"哈尔说,"到岔路口那所农舍去一趟?"

"那是斯拜克·伯恩斯的家,"警察说,"那家伙不好惹。你们找他干什么?"

"为了那只失去伴侣和孩子的科迪亚克熊。它的伴侣我们是没有办法了——它死了,这已是板上钉钉的事实,但如果我们能把它的熊崽还给它,也许它会安静下来。"

"这跟斯拜克有什么关系?"警察问。

"也许毫无关系,也许大有牵连。我们跟他说话时听到他屋里有声音,那可能是猫叫,或者鸟叫,但也可能是那两只小熊。"

"你认为他就是那个偷熊崽的人?"

"只不过是猜测。我不能闯进他屋里搜查,但你可以,因为你是警察。"

"好吧,"警察说,"我们这就走。"

罗杰跟他们一起沿着大路下山来到那所农舍。警察带着搜查证。他们敲门，斯拜克来到门口。"干什么？"他说。

"我们可以进屋看看吗？"警察说。

"不可以。你们无权这样做。"

"这就是权力。"警察说着出示了搜查证。

斯拜克很不情愿地把他们让进屋。他们搜查得相当彻底，但什么也没找到。

忽然，他们又听到了那声音。"什么声音？"警察问。

"只不过是一扇门，它老是嘎嘎响。"斯拜克说。

"也许是这一扇吧。"警察说，说着他打开了一扇储藏室的门。那两只小熊就在那里。

"因为这个，你要受到重罚。"警察说，"你究竟为什么要偷这两只小熊？"

"这，"斯拜克说，"我不过打算把它们养肥，然后杀了吃肉。人总得活着，这你清楚。再说，那只大熊咬死了我的20头牲口。"

警察说："你会活下去的，你有足够的时间为你所做的一切付出代价。孩子们，把熊崽抱起来。"

哈尔抱起一只不安地扭动着的小东西，罗杰抱起另一只。他们爬上山，看见那大熊正忙着拆毁他们的帐篷。看见他们走过去，巨熊吼叫起来，它已经打定主意，要在它的牺牲品名单上再加上他们俩的名字。

但当它看到那两只小熊，态度就完全变了。哈尔他们把熊崽轻轻放在它面前，它赶紧走过去，舔呀舔呀，把熊崽从头到尾舔个遍，然后抬起头看着兄弟俩。它的眼睛在说："谢谢你们。"一般来

33 世界最大的熊

说,雄熊大都不管它的小熊,孩子由母熊照料。但现在母熊没有了。这只巨大的科迪亚克熊不但比别的熊个儿大、力气大,而且也聪明得多。失去了伴侣,它就把它的爱全部都给了两个小家伙。

村里有一部电话,就是邮政局局长小屋里的那一部。

哈尔给哈克尼斯上校打电话。"我们弄到了那只熊,"他说,"它真摧毁了不少东西,但现在它的小熊又回到了它身边,你很难想象这对它的影响有多大。它现在成了你所见过的最快活最讨人喜欢的熊了。"

"你打算怎样运它下来呢?"上校问,"我们帮得上忙吗?目前没有战争,我们的很多飞机都闲着。你们愿意的话,可以用一架。"

"这实在太好了。"哈尔说,"唯一的问题是,我们怎样把大熊和它的小熊送到你那儿。"

"没有必要,我们派一架运输机上你那儿去。山上有跑道一类的东西吗?"

"没有真正的跑道,但有一条长长的直路可以当跑道用。"

"我派一架运输机,半小时后到你那儿。"

他们干得更好。20分钟后,一架运输机在莎拉亭山顶降落。海军有各种各样的飞机。这架运输机非常坚固,足以运载900多千克重的大熊和它的小熊,再加上两个完成任务的男孩。飞行员是一位活泼的年轻小伙子,他从来没到过纽约,很高兴有这么个机会到那儿去一趟。

"可你们打算怎样把这三只熊弄上飞机呢?"他想知道。

"很简单。"哈尔说。

33 世界最大的熊

他和罗杰抱起两只小熊放上飞机,大熊立即跟上他们。飞机尾部的滑动门关上了。

"我们俩也有地方吗?"哈尔问。

"当然。到前边来跟我一起好了。"飞行员说。

这个 3 米多宽、足有一个房间那么高的巨型箱子,颠簸滚动着来到悬崖边,然后起飞冲入空中。开头,它还显得有点儿晕头转向,但不久就被控制住了。它在机场降落带上南努克,然后,又升入空中。它飞过港口和名叫信天翁洲的礁石,在那儿,好几十只巨鸟在捕食鲑鱼。接着,它几乎沿着直线飞行,飞过朱诺港①、埃德蒙顿②、温尼伯③和多伦多④,飞过纽约的摩天大楼,最后降落在亨特野生动物基地。

约翰·亨特万分惊喜地看着巨大的科迪亚克熊。

"我以前就知道,"他说,"科迪亚克熊体形巨大,但我从来没想过它有这么大。好几家动物园都想要它。我不打算把它送到出价最高的动物园,而是要送到能给予最佳照顾并能把那两只小熊养得跟它一样大的动物园。"

他满怀骄傲地看着他的两个儿子。

"你们两个小家伙立了大功。你们俩都对我说过,想要成为动物博物学家。好吧,这笔钱将存入一家信托公司,作为你们成为野生动物科学家前所需的教育费用。你们已经从外部了解了你们的动物朋友,总有一天,你们会从里到外彻底地了解它们的。"

---

① 朱诺港:美国阿拉斯加州港市。——译者注
②③④ 埃德蒙顿、温尼伯、多伦多:加拿大城市。——译者注